紙屋ふじさき記念館

春霞の小箱

ほしおさなえ

角川文庫
23107

目次

Kamiya Fujisaki
Kinenkan

目次・扉デザイン　西村弘美

第一話　ぴっかり千両

1

記念館の七月のワークショップは、活版印刷の暑中見舞い葉書作りだった。

わたしがアルバイトしている「紙屋ふじさき記念館」は、日本橋《にほんばし》高島屋《たかしまや》の裏のビルにある小さな和紙の資料館だ。運営しているのは「藤崎《ふじさき》産業」という紙会社。もともとは「紙屋藤崎」という江戸《えど》期創業の和紙の店で、いまは書籍用紙から不織布まで幅広く扱う大手企業になっている。

わたしが記念館でバイトするようになったのは去年の春。はじめて来たときは、なんだかさびれた施設だなあ、という印象だった。

館長の藤崎一成《かずなり》さんは、藤崎産業の経営者一族の一員だ。社内では和紙オタクの変わり者と思われているようで、本社の要職から外され、ひとりでこの記念館にいた。と言っても、本人は和紙に関する仕事だけしていればいい立場に満足していたみたいだったが。

だが、この記念館のはいったビルは処分されることが決まっていて、その後ほかの場所で再開できるかは怪しい状態。いろいろあって、藤崎さんも記念館存続のためには知名度をあげ、本社に認められるような実績を作るしかない、と決意を固めたようだった。

わたしもバイトするようになってまだ一年ちょっとではあるけれど、もともと文具好きで紙小物を作るのが趣味だったこともあり、和紙のことを勉強するうちに、その奥深さにすっかりはまってしまった。

この記念館をなくしたくない、和紙のことをもっと伝えたい。そんな思いから、記念館であたらしい和紙のグッズを作ったり、展示の模様替えをしたり……。何度か試しにおこなったワークショップも六月から定期的に開催することになり、ウェブサイトを作って通販もできるようにした。

六月の折形《おりかた》のワークショップはなかなか好評で、ウェブメディアにも取りあげてもらった。今回の活版印刷ワークショップは活版印刷の人気も手伝って、サイトやＳＮＳで告知したとたん申し込みが相次ぎ、チケットはあっという間に完売になった。

レクチャーとワークショップは、川越《かわごえ》にある「三日月堂《みかづきどう》」という工房にお願いした。三日月堂とのつきあいは今年の春から。大学で天野楓《あまのかえで》さんと出会ったのがきっかけだった。

天野さんは高校生のときから三日月堂でアルバイトしていて、今年の四月、わたしがいる大学に入学してきた。三日月堂は記念館の企画商品のひとつである「物語ペーパー」の印刷を請け負っている木本《きもと》印刷店とつきあいがあり、天野さんは木本さんのところで物語ペーパーを見て、関心を持ってくれていたみたいだ。

ことを聞いて、わたしが所属するサークル「小冊子研究会」を訪ねてきたのだ。その縁でサークルの新歓遠足が川越になり、三日月堂で活版体験もして、天野さんも小冊子研究会に入部することになった。

木本さんから物語ペーパーの発案者のわたしがこれから進学する大学の先輩であるこ

　木本印刷店は高齢の木本さんがひとりで営んでいる。木本さんはいい人だし、腕も立つけれど、あまりたくさんの仕事は受けられない。物語ペーパーの種類が増えてきたこともあって、一部を三日月堂にお願いすることになった。

　三日月堂は出張ワークショップの経験も豊富だと聞いて、今回の記念館のワークショップも頼むことにした。何度か打ち合わせをして、印刷適正のある和紙のなかからワークショップで使う紙を選び、葉書に印刷する内容を決めた。

　活字を拾ってならべる体験をしてもらいたいけれど、活字を組んだあと印刷できる状態にするには毎回ネジを締め直したり調整したり、と手間がかかるらしく、参加者がひとりひとり自由に文字を組むのは時間的にむずかしい。活字の種類もそう多くは持っていけないので、参加者が組むのは、ひらがなの名前だけ、とした。

　手動印刷機を二台持ってきて、一台は文字用で黒インキを用い、もう一台は別の色のインキを使って周りに古典文様を刷ることにした。

　文様のインキは涼しげな青に決定。夏を感じさせる青海波、麻の葉、千鳥の三種類から選んでもらい、飾り枠のように葉書のまわりに入れる。さらに紙も白と、薄いグレーとベージュの三種類用意することにした。

印刷するのは全部で三枚。紙も柄も、すべて同じでもいいし、すべて変えてもいい。はじめに紙を選んでもらい、文様ごとにまとめて刷る。自分が刷りたいものを刷るときにならんでもらう、という形式だ。

最初に三日月堂店主の弓子《ゆみこ》さんによる活版印刷の簡単なレクチャー。活字の扱い方などを教えてもらう。それから紙と飾り枠をどれにするか決めて印刷。枠の印刷が終わった人から文字の版へ。「暑中お見舞い申しあげます」の部分は固定で、すでにセットされている。下の方に参加者が組んだひらがなの名前をセットして、黒インキで印刷する、と決まった。

ワークショップ当日、朝早くに三日月堂の弓子さん、天野さんが車で到着した。アルバイトをお願いしていたサークルの森沢《もりさわ》先輩と一年生の稲川《いながわ》くん、館長の藤崎さんで機材を記念館まで運びあげた。

森沢先輩は第一志望のアウトドア用品メーカーから内定が出たらしい。てきぱきしているし、気がまわるし、やはり頼りになる。

稲川くんは朴訥《ぼくとつ》だが、飲みこみは早いし仕事は確実で、機械をセッティングしたり、文様の印刷に使う樹脂凸版や活字、紙やインキ、細々した道具を整えたり、淡々と仕事をこなしている。

開館時間になって、ワークショップの準備の手伝いは森沢先輩と稲川くんのふたりにまかせ、わたしは記念館の受付に立った。

お昼前、受付を藤崎さんにお願いして、弓子さんたちと早めにお弁当を食べていると、サークルの一年生、中条《なかじょう》さんもやってきた。

中条さんはカメラ好きで、川越遠足のときも撮影で大活躍した。記念館のイベントなど、撮影はこれまで莉子《りこ》にお願いすることが多かったけれど、今回はゼミの課題とインターンで手一杯らしい。それで撮影は中条さんにお願いすることになったのだ。

サイトに掲載するために、さっそく機材の撮影がはじまった。人がはいってしまうと機材だけの写真を撮るのがむずかしくなるからだ。

ゆっくりお茶を飲む暇もなく、弓子さんは機材の説明をはじめ、中条さんが一眼レフのカメラで写真を撮る。森沢先輩と天野さんはスライドの準備。わたしは稲川くんに手伝ってもらってワークショップの受付の準備を進めた。

ワークショップは十三時半と十五時半の二回である。

初回の受付開始は十三時。早めに来て記念館のなかを見学している人もいて、受付をはじめるとレクチャールームに続々と人がはいってきた。みんな机にセットされた印刷機や活字に見入っている。

「これが活字なんだ」

「こんなに小さいんだね」

「印刷機、めっちゃかっこいいなあ」

「この紙に刷るの？　素敵……」

機材や紙を見ながらつぶやいたり、スマホで写真を撮ったりしている。

その表情を見ていると、なんだかうれしくなった。みんなはじめてのことに出会って胸が高鳴っている。わたしがはじめて紙漉《かみす》きを体験したときや、活版印刷を見たときみたいに。はじめてのことと出会うのって、素敵なことだ。

ほんとは和紙も活版印刷も、わたしたちが生まれるよりずっと前からこの世にあったものだけど、いまの人には馴染《なじ》みがなくなってしまっている。でもこうして見れば、すごい、と思う。むかしはこんなことをしていたのか、と感嘆する。

その出会いを手伝えるのがうれしかった。

時間になり、藤崎さんのあいさつのあと、弓子さんのレクチャーがはじまった。しずかな口調だがスライドも使っていてわかりやすく、参加者もみなうなずきながら聞いている。大型の印刷機が動く動画では、おおおっ、かっこいい、という声もあがった。

レクチャーのあとはサンプルを見ながら紙と文様を選んでもらった。どの紙色とどの文様を組み合わせるのかも悩みどころで、決めるのに時間のかかる人もいた。

まずは青海波から印刷。弓子さんの指示にしたがって、紙を自分でセットし、印刷機のレバーを引く。レバーを元に戻して紙に文様が刷られているのを見ると、みんな表情がぱっとかがやいた。

文様の印刷が終わった人から、活字を拾って組む。

活字のケースはふたつあり、森沢先輩、稲川くんがそれぞれのケースの近くについて、参加者が活字を拾うのを手伝っている。参加者は文選箱という小さな木の小箱に活字を入れ、天野さんのいる机に移動して活字をならべる。

できたら印刷機のところに持っていく。弓子さんが活字をセットし直し、印刷。みんな活字を組み替えるところをじっと見ている。

参加者のなかには年配の男性もいた。慣れた手つきだったので見惚《みと》れていると、実はむかし、小さな印刷所で植字工をしてたんですよ、と言った。

「今日はなつかしくてね。場違いかと思ったけど来てしまった」

恥ずかしそうに笑う。

「でも、来てよかった。久しぶりに活字に触って、ああ、むかしはこんなだったなあ、自分はこんなふうに生きてきたんだなあ、って思い出した。なんだか不思議ですよ。むかし毎日ふつうにやってたことなのに、いまは若い人たちがこんなに楽しそうに印刷してるんだから。長生きするもんですね」

うれしそうに部屋のなかを見まわしている。

はじめての人が驚くだけじゃなくて、こういうこともあるんだな、とじんわりうれしくなった。

2

活版ワークショップが終わると、次の週からは大学の期末の課題とテストのための勉強に追われた。三年になって授業の数は減ったが、ゼミをはじめ、課題が複雑で量も多いので、一、二年のときよりむしろたいへんだった。

笹山《ささやま》先生のゼミは課題が多いと聞いてはいたが、これほどまでとは思わなかった。資料をたくさん読みこまなければならず、大学の図書館に通い詰めた。

笹山先生は白髪で、いつもイギリス紳士風のチェックのジャケットを着ている。もうすぐ七十歳で定年になるらしく、わたしたちは最後のゼミ生だという話だった。

講義の内容は奥深く、話し方もゆったりおだやかだ。ゼミでは学生の話をにこにこうなずきながら聞いてくれて、その笑顔を見ているだけで心がほかほかになる。ゼミ生はみんな「笹山先生の笑顔は究極の癒《いや》し」と言っている。

だが、課題に対してはとことん厳しい。にこにこ笑いながら、うーん、これはまだちょっとなあ、ここのところがねえ、などと言って問題点を指摘する。

それがまたたいてい、楽をしたくて手抜きした部分なので、みんなどきっとしてなにも言えなくなり、次の週の再提出までに必死で調べ直すことになるのだった。

なんとかすべての課題をこなし、テストを終えた。学期の終わりの日、夏休み中の活動を相談するため、小冊子研究会の部会が開かれた。

大学祭で販売する雑誌の編集は後期がはじまってからでも良いが、取材は時間が自由になる夏休みのあいだにしておいた方がいい。

「そうですね、活版体験だけだと『紙』特集としては弱いですし」

二年の乾公輝《いぬいきみてる》くんが言った。乾くんは高校時代から超短編ミステリという四百字以内のミステリを作り続け、自分のブログで発表し続けている。ミステリだけではなく、鉄道にもくわしい、理論派である。

「そうですよね。まあ、『紙』特集って話でしたけど、吉野《よしの》先輩の発案ですし、せっかく記念館の伝手《つて》もあるわけですから、ぶっちゃけ単なる『紙』じゃなくて、大きく『和紙』に振っちゃってもいいと思うんですよね。その方がくっきりする気が」

同じく二年の石井《いしい》さんが言った。イラストレーター志望で、スイーツのゆるキャラで同人誌やスタンプを作っている個性派だが、頭も切れる。

「でもさ、そしたら春に川越で作った栞《しおり》はどうするわけ？　洋紙で刷ったじゃないか」

乾くんが訊《き》いた。

新歓遠足で川越に行ったとき、三日月堂で活版体験をした。松下《まつした》さんの短歌を栞に印刷したのだ。せっかくだからそれも大学祭で販売しよう、という話になっていた。

「あ、でも、あの栞、まだ刷ってませんから」

天野さんが答えた。

連休後、三日月堂は弓子さんのお母さんであるカナコさんの歌集を印刷することになっていた。物語ペーパーの印刷もはじまり、ほかにも仕事が立てこんでいるようで、栞は大学祭までに刷ってもらうことになったのだ。

「皆さんが刷ったのは洋紙ですけど、紙の発注もまだですし、これから和紙に変えることもできます。この前のワークショップで和紙の暑中見舞いを刷って、和紙に活版、面白いな、って弓子さんや悠生《ゆうき》さんも言ってたんですよ」

天野さんが言った。

「なるほど。たしかに『紙』だとぼんやりしてますからね。三日月堂の記事は印刷所の様子と活字を拾って組んでっていうところがメインだからそのまま使って、特集全体としては『和紙』にするのはありかもしれない」

乾くんがうなずく。

「そしたらさ、夏休み中に一度、サークル遠足で東秩父《ひがしちちぶ》に行かない？」

莉子が言った。

「東秩父？」

みんないっせいに首をかしげた。

「『東秩父村和紙の里』っていう施設があるんだよね。実家が秩父だから、家族で行ったことがあって」

その言葉で、前に莉子がその施設に行った話をしていたのを思い出した。

「ああ、古い紙漉き家屋がある、っていう……?」

わたしが訊《き》くと、莉子がうなずいた。

「そうそう、移築されたものだけど、江戸時代後期の本物の民家みたいだよ。茅葺《かやぶ》き屋根でね。広い和風の中庭のなかに建ってて、『和紙の里』は山間《やまあい》にある施設だから、うしろはちょっとした小山で、江戸時代〜って雰囲気で」

「それは写真映えしそうですねえ」

写真好きの中条さんは興味しんしんという顔だ。

「地域の文化についての展示もあるし、体験工房もあって、紙漉き体験もできるみたい。家族で行ったときは百花《ももか》と美濃《みの》市に行ったばっかりだったから紙漉き体験はしなかったんだけど」

去年の夏、莉子とわたしは記念館のブースの手伝いで名古屋《なごや》の紙こもの市に行き、その帰りに藤崎さんといっしょに美濃市に寄った。そのときふたりで「美濃和紙の里会館」で紙漉《かみす》きの一日体験を受けたのだ。

紙漉きの作業の流れのレクチャーを受けたあと、午前中はひたすら紙漉きの練習。楮《こうぞ》の繊維とネベシを溶かした白く濁った水に簀桁《すけた》を入れ、水中で振って引きあげ、水を払う。それを何度かくりかえすと簀の上に薄いやわらかい紙の層ができる。

ただそれだけのことなのに、これがむずかしい。薄く均一な紙を作るのは至難の業だ。水分が多くやわらかいので、漉いている最中によれたり崩れたり破けたり。簀から台に移すときに失敗したり。

できたばかりの紙はまだふやふやで、漉き舟と呼ばれる水槽に戻せばまたそのまま練習に使える。午前中は漉いては丸めて舟に戻す作業を続けたが、なかなか上達しない。

午後の本番で四枚の紙を漉いた。ふつうの紙のほか、落水《らくすい》紙や葉っぱをはさんだ紙も。でもたった四枚。それだけ漉くのでやっとだったし、帰りはもうへとへとだった。あのあとすぐにもう一度紙漉き体験をする気にはならないだろう。

「紙漉き体験！　素敵……」

二年の松下さんがほうっと息を漏らす。

黒髪の和風美人の松下さんは子どものころから短歌を作っていて、字もめちゃうまい。万年筆にもくわしいが、書道ももちろんできる。

「子どものころから書道で和紙に親しんではきたんですが、そういえば紙漉きってしたことないですし」

「松下さんは書道もたしなまれるんですか」

一年の根《ね》本《もと》くんが即座に言って、松下さんをじっと見つめる。

今年はいった根本蒼《あおい》くんは謎めいた人物である。細身で長身、いつも全身モノトーン。なかなかの美形なので、同学年の女子たちのあいだでは「神秘的で素敵」と評判のようだが、性格は神秘的とは言いがたく、いつもがちゃがちゃと騒がしい。

そしてどうやら松下さんのファンらしい。サークルの新入生勧誘の際のポスターに松下さんの短歌を使ったのだが、その短歌に惹《ひ》かれてうちの部にやってきたのだ。

「え、ええ」

松下さんが押され気味にうなずく。

「ですよね、あの文字は書道を習った人じゃないと書けない……」

根本くんはだれにともなくつぶやき、宙をあおいだ。

「紙漉きかあ。あんまり想像がつかないけど、松下さんが紙漉きしているところはちょっと見たいですねぇ」

根本くんの言葉を無視して石井さんが言う。彼女も前からずっと松下さん推しである。

「わたしと百花と森沢先輩は紙漉きの工房に見学に行ったこともあるけど、一、二年はまだ紙漉き見たことないんだよね。和紙特集にするなら一度体験しといた方がいいかな、と思って」

莉子がみんなを見まわす。

「いいと思います。せっかく雑誌で紙を特集するわけですし、紙を漉くところからちゃんと見ておきたいです」

一年の二宮《にのみや》さんが言った。彼女もイラストレーター志望で、勧誘ポスターに描かれた石井さんのゆるキャラを見て入部したのだ。独自の世界を表現する個性的な描き手ではなく、要望に応《こた》えてなんでも描けるプロになりたいのだ、と言っていた。

「電車で行くにはちょっと不便なんだけど……。小川町《おがわまち》からバスで行けるみたいだし」

莉子が言った。

「え、小川町？　東秩父って……」

わたしは訊いた。小川町というのは、藤崎さんのお祖母《ばあ》さまで藤崎産業前社長夫人である薫子《かおるこ》さんの実家があった場所だ。いまはもうなくなってしまったが、和紙の工場を営んでいたらしい。

小川町はユネスコ無形文化遺産に登録されている細川紙《ほそかわし》の産地で「和紙のふるさと」とも呼ばれている。以前は紙漉きをおこなう家が数多くあった、と聞いていた。

「東秩父村と小川町はとなり同士だから」

莉子が答える。そうだったのか。小川町から行くなら、町の様子も見られるだろうか。薫子さんの工場がどんなところにあったのか少しはわかるかもしれない。

「行けそうですね。小川町は池袋《いけぶくろ》から一時間くらい。で、『和紙の里』は小川町駅からバスで二十五分って書いてあります。ああ、ただ、本数はかぎりなく少ないなあ。昼間は一時間に一、二本しかない」

乾くんがスマホを見ながら言う。

「一時間に一、二本あったら全然いいじゃないですか。わたしの祖母の住んでるとこなんて、朝と夕方は一時間に二本、それ以外の時間はバス通ってないですよ。うちは駅の近くですけど、車がないとどうにもならないし」

一年の鈴原《すずはら》さんが言った。西園《にしぞの》先輩の『地域猫通信』に惹かれて入部した、ゆるふわ系女子である。

たしかにそうだよなあ、と思う。飯田《いいだ》の祖母の家だって「車がないとどうにもならない」といとこの遥香《はるか》ちゃんが言っていた。

「じゃあ、決まり。東秩父の紙漉き家屋の見学と紙漉き体験。お昼は和紙の里に手打ちそばのお店もあったし、そこでいいよね。日程は……」

莉子がそう言うと、みんな自分のスケジュールを確認しはじめ、八月半ばの日曜日が第一候補になった。夏休みでも、記念館はやはり土日の方が人が来る。休めるかわからないが、とりあえず藤崎さんにお願いしてみることにした。


翌日、バイトで記念館に行き、藤崎さんにお休みのことを相談した。小冊子研究会の遠足で東秩父村和紙の里に行くと説明すると、藤崎さんはすぐに、かまわないよ、と言ってくれた。

「いまは僕の方の仕事はそんなにないし、八月のワークショップの準備ももうほとんどできてるんだよね？」

八月のワークショップはその次の週の土曜日だが、もう参加者募集も終わり、材料の手配もすんでいる。夏休みなので子どもの参加が増えるだろうと予想して、文字箱《もじばこ》とのコラボで紋切《もんき》りのワークショップをおこなうことになっていた。

文字箱の綿貫《わたぬき》さんの知り合いの紋切りの本の著者が講師なので、イベントの告知や参加者募集、レクチャーなどの準備も今回はおもに文字箱がおこない、記念館は会場としてレクチャールームを貸し、材料を提供するくらいだった。

「和紙の里に行くなら、和紙の勉強にもなるからね」

藤崎さんがつぶやく。

「車がないとけっこう行きにくいところだけど、大丈夫？」

「はい。いちおうバスの時間も調べて……。電車とバスで行けそうです。小川町駅からバスに乗るんですが、小川町って細川紙の産地ですよね？　それに薫子さんのご実家の工場があったとか……」

「うん。そもそも、細川紙の産地は小川町って言われているけど、実際にはあのあたり一帯で作られていたんだよね」

藤崎さんによると、江戸時代には、比企《ひき》・秩父・男衾《おぶすま》が紙の一大産地だったのだそうだ。紙漉きはもともと農家の農閑期の副業である。そのあたりでは槻《つき》川などの清流を利用して紙を作っていた。

「小川町の紙作りの歴史はかなり古くてね。奈良《なら》時代にも記録が残っているんだ」

「そんなに古くから……」

「正倉院《しょうそういん》に納められた文書に、宝亀《ほうき》五年、つまり七七四年に、武蔵国《むさしのくに》から『紙四八〇張』が納められたという記録が残っている。聖武《しょうむ》天皇が全国に国分寺《こくぶんじ》を建立させただろう？」

「聖武天皇……ですか？」

国分寺と国分尼寺を建立させたんだっけ？　たしか日本史で習ったような……。でも、なんだかずいぶん大きな話になってきた。

「寺ができれば写経をおこなう。写経には紙が必要だ。それで、周辺で紙漉《かみす》きをおこなうことを奨励したんだね」

「つまり、仏教を広めることが産業を起こすことにつながった、ということですか」

「政治と宗教の力で産業も発達した。小川町の近くのときがわ町《まち》には奈良時代に建てられた天台《てんだい》宗の慈光寺《じこうじ》という寺があってね。その寺で使われる和紙は山麓《さんろく》に広がる村で漉かれていたそうだ。当時はものを遠くから運ぶのはたいへんなことだから」

たしかにそうだ。鉄道も自動車もなかったわけだし。

「平安《へいあん》時代の太政官符《だいじょうかんぷ》にも男衾の豪族が紙を租税として納めたという記録が残っているし、この地域ではそのころから紙漉きがさかんにおこなわれていた、と考えられているんだよ」

「細川紙はそんなにむかしからあったんですね」

「いや、細川紙という呼び名は江戸時代になってからのもので……。前にも話したと思うけど、そもそも細川紙っていうのは紀州高野山《きしゅうこうやさん》の麓《ふもと》にある細川村で漉かれていた『細川奉書』に由来している、と言われてる」

細川村から伝わったから細川紙。たしかに前にそんな話を聞いたような……。そんなものかと聞き流していたが、小川町のあたりに細川という土地があったわけでも、細川という人がいたわけでもないってことか。

「強靭《きょうじん》で厚みと光沢のある紙でね。商家の大福帳を作るのにも適していた。この細川紙が江戸にはいり、品質の高さで大人気となり、需要が拡大した」

「なるほど……。ブランド米みたいなものですね」

「まあ、そうだね」

藤崎さんが少し笑った。

「でも、当時、西の紙はすべて大坂《おおさか》の問屋を通さなければならなかったんだ」

藤崎さんによれば、紙には藩の専売制というものがあって、藩のなかでの流通は自由だが外に出すときは藩の統制下に置かれたらしい。蔵屋敷に送られ、大坂の問屋に売り渡す。値決めは入札制と決まっていた。そして大坂から江戸へ、船で運ばれた。

「輸送経費もかかるし、価格はどうしても高くなる。それで江戸の近くで似たような紙を作れないか、ということになったんだね。江戸の近くで作れば、大坂の問屋にお金を払わなくていいわけだし」

「なるほど……」

「それで、細川紙の製法を教えて、小川町のあたりで細川紙と同じ製法で紙を作り、『細川紙』の名前で売った。小川とか武州《ぶしゅう》というような産地名は伏せてね」

「どこどこ産、って書いてあるけど、ほんとはちがう、みたいなことですか？」

「まあ、いまなら不当表示って指摘されてしまうかもしれないなあ。紙問屋が利益拡大のために産地名をわざと隠したのかもしれないし。それだけ紙作りが大きな産業だった、っていうことなんだろう。庶民にも紙が普及して、百万人都市にふくれあがった江戸では大量の紙が消費されるようになった」

そういえば、近世文学の授業で江戸期は出版業も盛んだったと習った。儒学や仏教に関する本をはじめ、世の中が安定したことで人々の移動も増え、名所案内のようなものも数多く刊行された。軟文学や浮世絵もブームになった。

紙は江戸の町を支えていたのだ。障子や襖《ふすま》や帳簿などの実用品として、掛け軸や屏風《びょうぶ》のような芸術品として、そして出版物として。ありとあらゆる場所に紙が使われていた。

「紙漉きは当時、この地域の地場産業だったんだね。比企、秩父、男衾に七五〇軒以上の紙漉き屋があったって言われてる」

「七五〇軒……」

「前にも話した気がするけど、『ぴっかり千両』っていう言葉があったんだよ。紙漉きがおこなわれるのは冬。漉きあがった紙を晴れた日に天日干しにすると、白く質のいい紙ができる。村じゅうに紙が干され、あたり一面真っ白になり、大きな儲《もう》けになった、と言われている」

ぴっかり千両。紙漉きが栄えていた様子が伝わってくるような言葉だ。

「文化《ぶんか》・文政《ぶんせい》期に編まれた『新編武蔵風土記稿』によると、小川町付近では細川紙以外にもいろいろな種類の紙が漉かれていて、そちらも江戸に出荷されて『小川紙』として売られていたようだ」

「じゃあ、村も紙漉きで豊かだったんですね」

「農業だけでは暮らしていけない土地の人にとっては紙漉きは重要な収入源だった。でも、江戸の紙問屋は小川紙の直接販売を禁じて、価格も一方的に決めた。それで問屋に対して訴訟を起こしたこともあったみたいだね」

美濃市でも、大きな利益を得ていたのは商人で、和紙を作っていた人たちは富を得られなかった、と聞いた。

「製紙は重要な産業だった。だから大きなお金が動く。きれいごとだけというわけにはいかなくなる。紙は江戸の人たちにとっても、なくてはならないものだった。住人の暮らしを支えるために紙商も必要だったわけだ」

それが都市生活というものなのかもしれない。わたしたちだって同じだ。米も野菜もどこかで作られたものがだれかの手で運ばれてくる。それをお店で買うだけ。

「明治にはいって和紙も自由販売になって、紙幣用紙や蚕卵紙の需要も増えた。祖母の家もね、そうしたなかで大きな製造元になったんだ。一族経営だけど、盛んなころはほかにも従業員がいたらしい」

「どのあたりにあったんですか？」

「小川町から東秩父村に向かう途中の川沿いだよ。いまはもうなにも残ってないけどね。戦後はしだいに和紙の需要が減って、紙漉きをおこなう家も減っていったから」

じゃあ、風景だけは行きのバスで見られるかな、と思った。

「藤崎産業はもともと紙屋藤崎という紙商だった。紙を作るんじゃなくて、売る方。だけど、祖母は紙を作る家に生まれた。僕には紙を作る側と売る側のふたつの血がはいっているんだよね」

藤崎さんはそう言って、息をついた。

「そのふたつは本来相容《あいい》れないものだったのかもしれない。僕はそのふたつを結び合わせるために生まれてきたんじゃないか、と思うんだ。和紙が少なくなっているいまだからこそね。商人は売れなくなったものには見切りをつける。そうしないと生き残れないから。でも、それだけじゃない気がするんだ」

和紙にあたらしい価値を与え、和紙の良さを人に伝える。藤崎さんが試みていることは、そういう考えによるものだったのか、と思った。

「そうそう、『和紙の里』も良いけど、小川町には『小川町和紙体験学習センター』という施設もあるんだよ」

藤崎さんが言った。

「和紙体験学習センター？」

「和紙の里にあるのは江戸時代の民家だけど、和紙体験学習センターは昭和初期に建てられた製紙試験場なんだ。だから近代の和紙作りのことがわかる」

藤崎さんはそう言って、パソコンで検索をはじめた。

「これだよ。昭和十一年に建てられたもので、建物は当時のものだし、当時の設備がかなり残っている。伝統的な紙漉きだけじゃなくて、和紙作りを機械化することを考えて、小型の機械を使ってあたらしい技術を試すための施設だったんだ」

ディスプレイには白っぽい壁に赤い瓦《かわら》屋根の、レトロでちょっとかわいらしい外見の建物が映っている。

「駅からもそんなに遠くないしね。ここでも紙漉きはできるけど、事前に申し込まないといけなかったかもしれない。うーん、でもこのサイト、情報があんまりないなあ」

藤崎さんはマウスで画面をスクロールしながら言う。たしかに写真が数枚と短い説明があるだけで、どんなものがあるのかはよくわからない。

「前に一度行ったことがあるんだけど、昭和期の機械がそのまま残ってて興味深かったよ。当時の機械は大きな工場でもあまり残っていないから、ここでしか見られないものも多いんだ」

「わかりました。みんなに提案してみます」

わたしはそう答えた。

バイトが終わってから、莉子にメッセージを送り、小川町和紙体験学習センターのことを伝えた。莉子はもういったんスケジュールを組んでいたようだったが、話を聞くと興味を持ったみたいだった。

――でも、このサイトじゃ、なにがあるのかよくわからないね。

――うん。概要しか書いてないもんね。でも、藤崎さんは、もうどこにも残っていないような古い機械が残っていて、興味深かった、って。

――そうなの？　じゃあ、行ってみようか。

莉子が即答する。

――筋金入りの紙オタクの藤崎さんが興味深かった、って言ってるんだから、まちがいないんじゃない？

まあ、まちがいはないだろう。しかし、筋金入りの紙オタクの趣味にふつうの人がついていけるかは謎である。

――建物もレトロな感じで、中条さんや石井さんたちが好きそう。小川町は「武蔵の小京都」って書いてあったし、午前中は町歩きしようと思ってたんだ。この施設は駅から歩いて行けるみたいだし、町並みを見ながらここまで行って見学して、っていうのがいいかなあ、って。

――そっか。時間的に無理がないなら、そうしようか。

――じゃあ、それでもう一度スケジュール組み直してみる。

――大丈夫？　忙しいんじゃないの？

夏休みにはいったら毎日インターン、と言っていたのを思い出してそう訊《き》いた。

――まあ忙しいけど、これは息抜きっていうか……。いやあ、この取材、ほんと楽しみなんだよ。ずっとインターンと課題に追われてて。実家と近いんだけど、路線がちがうからあんまり行ったことない場所だし。

――そうなの？

――だから大丈夫。じゃあ、スケジュール決まったら、サークル全員に流すね。

メッセージのやりとりはそこで終わり、二時間後、電車やバスの時間まできっちり決まったスケジュール表が送られてきた。

池袋八時発の快速急行に乗って、沿線の人は途中合流、小川町九時少しすぎに到着。そこから町並みを見ながら徒歩で小川町和紙体験学習センターへ。十二時すぎに小川町の駅に戻り、バスで和紙の里に行き、昼食。紙漉《かみす》き家屋の見学と、紙漉き体験をして、バスで小川町に戻る、というものだった。

3

遠足の日、森沢先輩は今回は内定先の企業の研修があるようで残念ながら不参加だったが、一年から三年は全員参加することになっていた。

池袋組は全員遅刻もなく、予定の快速急行に乗った。途中合流のメンバーも、ちゃんと指定した号車に乗りこんできて、和光市《わこうし》で全員がそろった。

快晴で、あたりが開けてくると富士山《ふじさん》まで見えた。川越をすぎると、だんだん山里の雰囲気になってくる。

池袋から小川町まではほぼ一時間。前回行った川越でだいたい半分である。川越でもちょっとした観光気分だったけれど、まわりの風景を見ていると、これはちょっとした小旅行だなあ、と思った。

電車もだんだん空《す》いてきたので、みんなならんで座った。乾くんと稲川くん、根本くんは向かい側に座って、タブレットとスマホの画面を見ながらなにか話している。そのとなりに二宮さんと石井さんと天野さん。

今日は町歩きもするし、紙漉き体験もあるので、みんなハイキングっぽいスタイルだ。天野さんは飾り気のないＴシャツにチノパン。石井さんは胸に大きなポケットのついたデニムのつなぎ、二宮さんは派手なキャラクターＴシャツとゆるっとしたジーンズ。

こちら側に座っているのは、中条さん、莉子、松下さん、わたし、鈴原さん。莉子や中条さんは普段からスポーツウェアっぽいアイテムが多いけれど、いつもはスカートやワンピースの松下さんや鈴原さんも今日はアウトドア風のスタイルである。

「あ、それ、森沢先輩がはいる会社のじゃない？」

松下さんの着ているTシャツを見て、莉子が訊いた。

「はい、『Bergleben』です。親が気に入ってて、よく買うんです」

松下さんが言った。森沢先輩が就職する会社は「Bergleben」という。日本の企業だが、社名の由来はドイツ語の「山暮らし」なんだそうだ。

「着心地いいし、洗濯してもすぐ乾くし、丈夫でなかなかよれない。大学行くときはあまり着ませんけど、旅行のときとかはよく着ます」

「あ、わたしも使ってますよ。このパンツがそうなんです。実は防水で、川遊びでも使える、っていう」

中条さんが言った。

「ええー、そうなんだ。かわいいね」

莉子が言った。

「ちなみに、このバッグも同じメーカーですよ」

中条さんが膝《ひざ》の上に置いたカーキのバッグを指す。

「カメラの機材入れるのにもちょうどいいし、重いもの入れても壊れないし。撮影があるから、斜めがけ必須《ひっす》なんです。リュックだとすぐに取り出せないから」

「なるほど。アウトドアブランドもおもしろいよね。わたしはカラフルなのが好きだから、スポーツブランドでも派手目な方を選んじゃうけど」

莉子が言った。

「そうなんですよね。アウトドア系の方が色合いがアース系っていうのかな。色もデザインも落ち着いてますよね」

「うちの両親からするとそこがいいみたいですよ。スポーツブランドはシルエットもタイトだし、自分たちにはちょっと、って」

松下さんが笑った。シックでかっちりしたワンピースが多い松下さん自身も、派手なスポーツブランドよりこっちの方が似合うような気がした。

「そうなんですねえ。そういうのだったらわたしも恥ずかしくないかも」

鈴原さんが言った。

「わたし、運動が苦手で、筋肉も全然ないし。スポーツウェア着てる人を見るとかっこいいなあ、とは思うけど、体型選びますよね。でもトレッキングウェアはナチュラル系の服とも合わせやすそうですし……」

鈴原さんはボーダーのTシャツに短めのワイドパンツ。

「そのパンツも涼しそうでいいよね。わたしはそういうの似合わないからうらやましい」

松下さんが言った。

「松下先輩でも似合わないものってあるんですね」

「あるよ〜、たくさんある。カラフル系もゆるっと系も全然似合わないし。今日の石井さんみたいな個性的な服も着てみたいんだけどなあ」

「ええええええっ」

莉子と中条さんが同時に驚いた声をあげた。たしかに、松下さんがあのつなぎを着ているところは想像できない。美人の松下さんでもそういうことがあるんだな。なんでも似合う人なんていないのかも、と思うと、ちょっとほっとした。

小川町に到着し、電車を降りる。

「これはなんだか旅行気分が盛りあがりますね！」

駅前の小さなロータリーをながめながら、石井さんが言った。雲ひとつない晴天で、まわりには大きな建物もなく、空が広々としている。

「これが商店街ですね。学習センターにはこの通りをまっすぐ行って、国道を曲がるみたいですね」

手元のスマホを見ながら乾くんが言った。

「じゃあ、行こうか」

莉子の言葉で歩き出す。

「やっぱ、めっちゃかっこいいっすね！　観光地観光地してないとこがまたいい」

根本くんが目をぎらぎらさせる。もともと目が大きく、関心を持つとその目がさらに見開かれる。その様は「きらきら」を超えて「ぎらぎら」という語がふさわしい。前に石井さんがそう言っていたが、いまの根本くんはまさにそのぎらぎら眼になっている。

「根本、こういうのが好きだったんだ」

乾くんが言った。

「この作りこみすぎてない感じがよくないですか？　紙作りで栄えた往時のにぎわいを感じさせる、趣ある町並み。観光客向けの土産物屋がずらっとならんでたりしたら興醒《きょうざ》めじゃないですか。この雰囲気、貴重ですよ」

根本くんが熱く語る。道沿いの割烹《かっぽう》や古い旅館の前では、中条さんも立ち止まって何枚も写真を撮っている。

「いま風におしゃれに建て替えられたりしてないところがまたいい」

根本くんは落ち着きなく、あちこちきょろきょろ見まわしている。

「たしかに、川越とはまただいぶ違いますよね。山里、って感じで」

天野さんが言った。

「もうすぐ国道に出るんですけど、一本前の『北裏《きたうら》通り』って小道には、むかしの土蔵が残ってるみたいですよ。みんなが関心あるなら、そっち通ってみますか？」

乾くんが言った。

「まじですか？」

根本くんがぴょんぴょん飛びあがる。テンションの高さが小学生男児なみで、全身モノトーンの神秘系イケメン風の外見と性格のギャップがすごい。

「古い町並み、素敵ですね。そっち通りましょう！」

中条さんもうなずいた。

北裏通りには古い建物がいくつもあった。古い自転車屋さんや、塀越しに見える蔵、古い板張りの建物。そのたびに根本くんが盛りあがり、ぴょんぴょん跳ねる。

「おい、根本、まわり民家なんだから、ちょっとしずかにしろよ」

乾くんに諭され、そのたびに、わかりました、とうなだれるが、すぐに忘れてぴょんぴょんする。奇声を発するのは我慢しているみたいだが、その落ち着きのなさに、莉子も、まあ、元気があるのはいいことだよね、と苦笑していた。

だが、うきうきする根本くんの気持ちはわかる。たしかに鄙《ひな》びた雰囲気があり、川越とはまた違う魅力があった。

「こののんびりした空気がいいよねぇ」

「小旅行、って感じだね」

鈴原さんと天野さんも楽しそうに話しているし、ほかのみんなもいつもよりなごやかな雰囲気だ。ちょっと遠かったけど、来てよかったなあ、と思った。

国道を渡り、細い道を歩いていく。ますます鄙びてきて、ほんとにこの先にそんな施設があるのかな、と不安になった。

「あ、あれじゃない？」

莉子が少し先の建物を指す。樹木に覆われた向こうに、白い壁と赤い屋根がちらりと見えた。

「たぶんそうですね」

スマホの地図と見くらべながら乾くんが言った。

工場という感じではない。瓦《かわら》屋根だし、木造だし、大きめの民家のような感じ。ただ白い壁に赤い屋根というのが洋館っぽく、まわりの建物とは雰囲気がちがう。

「いい感じですね。レトロモダン……っていうのかな？」

石井さんはそう言って、ほうっと息をついた。みんな建物の佇《たたず》まいが少し意外だったのか、しばらくぼうっと立っていた。

やがて中条さんがカメラを抱えて小走りに建物に近づいた。

「わあ、なんか素敵です！」

何枚かシャッターを切ったあと、わたしたちに向かって叫ぶ。みんなはっと我にかえり、建物の方に進んだ。

敷地はわりと広いみたいだ。葉の茂った庭木の隙間から、白い建物が見える。

「ほんと、素敵ですね」

「うん。なんか洋風で、かわいい……」

鈴原さんと松下さんが言った。途中、屋根のついた渡り廊下のようなものも見えた。つながっている建物の壁は淡いピンクで、とてもかわいい。

入口の前に着くと、門の向こうに古い扉が見えた。

「白い壁に赤い屋根に木の濃い緑……。ちょっと沖縄の建物も思い出すなあ」

莉子が建物を見あげた。

入口の扉は濃い茶色の枠のガラス張り。前に「和紙体験学習センター」という立て看板が出ている。中にはいると、足元は石のタイル。右手の壁の上の方に「小川和紙の歴史」という、説明板が掲げられていた。

「あれ、手書きですよ……」

石井さんが言った。

「しかも毛筆……。歴史を感じますね」

二宮さんもじいっと文字に見入った。看板には、記念館で藤崎さんから聞いた話がさらにくわしく書かれていた。最後まで読むと、どうやらこの建物が作られた昭和十一年ごろに書かれたものらしい、とわかった。

その下には、こちらは最近になってパソコンで作ったと思われる、センターの見学案内図が貼られている。

「思ったより、広そうですね」

乾くんが言った。

「うん。建物がいくつかつながってるんだね」

莉子がうなずく。

「うおー、すごい……」

根本くんがあたりをぐるりと見まわし、胸をおさえた。

「いやー、ほんと来てよかった……。なんというか、いままさに歴史のなかに足を踏み入れた、っていうか……。たまらないっすね、この本物感……」

「本物感、って……。本物だよ、ここは」

乾くんが失笑する。

「ええと、順路は……」

莉子があたりをきょろきょろ見まわす。

「こっちみたいですよ。この受付を通って、いったん建物の外に出るみたいです」

玄関を入って左側の扉の近くにいた天野さんが言った。言われるまま、受付のある部屋にはいる。受付にはだれもいない。

「入館は無料みたいだし、このままはいっていいってことかな」

莉子が言った。受付の部屋の真ん中には大きな机が置かれ、むかしのものらしい紙製品がいくつも置かれていた。壁は白く、奥にある半円形の窓がかわいい。

部屋を抜けると、中庭に出た。すぐのところに濃い緑の葉の低木が茂り、古いピンクの建物に囲まれているのがわかる。

「なんだか、タイムスリップしたみたい」

二宮さんがつぶやく。

「ほんとだね。アジアの田舎の工場みたいな感じもするし……」

石井さんがうなずく。

空が真っ青なのと、壁の色があかるいからかもしれない、さっき莉子が言っていた沖縄っぽい、という表現もわかる気がした。

根本くんは口をぽかんとあけて立ち尽くしている。建物がレトロだとは聞いていたが、ここまでむかしのままとは……。中条さんはあちこちでシャッターを切っている。

「あそこで作業してる人がいますよ」

鈴原さんに言われ、みんなで近づいた。年配の男性がひとり中庭の真ん中あたりに座り、木の皮のようなものを削《そ》いでいる。見るとその前に茶色い木の皮がたくさんならんでいた。

美濃市で見せてもらった楮の皮と似ている。

「こちら、楮ですか？」

わたしが訊《き》くと、おじさんが顔をあげ、にっこり笑う。

「そうだよ。これが楮の皮。この裏に、白い繊維みたいなものが見えるでしょ？　これが紙の原料。水に浸してやわらかくしてから、この白いところだけを削ぎ取るんだよ」

言われて見ると、真っ白い繊維がある。木の皮の内側の部分だ。美濃で紙漉《かみす》きの工程を見せてもらったときのことを思い出した。この白い部分だけにしたものをさらに水にさらし、真っ白な紙にするためにその白いものから細かい塵《ちり》を取り除くのだ。

おじさんはやわらかくなった木の皮を持ち、手元の刃物のような道具を使って白い部分を剥《は》がしていく。

「皆さんは、学生さん？」

おじさんが訊いてくる。

「はい。大学生です。いま和紙のことについて調べていまして……」

莉子がはきはき答えた。

「へえ。和紙のことを？　若いのにめずらしいねえ」

おじさんがにこにこ答える。

「そこの、建物を出たところにある木、それが楮の木なんですよ」

おじさんがわたしたちのうしろを指さした。

「えっ、これが？」

濃い緑の葉の茂った低木だ。高さは三メートルくらいだろうか。幹はあまり太くない。片手で握れるくらいだ。細い幹が根元から枝分かれしている。

おじさんが立ちあがり、木のそばに行く。

「ここに切ったあとがあるでしょう？」

木の前にかがんで、根元を指す。いま幹が出ているところのほかに、いくつも切り口があるのがわかった。

「一年で伐採するんですよ。秋になって葉が落ちたら、根元から切る。春になるとまた別のところから芽が出てくる」

そういえば美濃でも楮は春から育てて秋に収穫する、って言ってたっけ。

「こっちにもありますよ」

おじさんはそう言ってさっき自分が作業していた場所の前を通り、中庭の奥に進んだ。目の前に古い建物があり、若い女性が建物の前の大きな鍋《なべ》でなにか煮ている。右に曲がると、その先にも庭が広がっていて、中央の四角く囲まれた場所にさっきと同じ木が伸びていた。

「この施設では、自分のところで取れた楮を使っているんです。ほかにも、小川町では県内の高校の卒業証書を漉いてるんで、大量の原料が必要なんですよ。だからここだけじゃなくて近くにいくつか楮の畑がありましてね。あと、ここには紙に関わる植物をいろいろ集めていて……。手前にあるのがミツマタ」

おじさんがさらに細い枝の木を指す。

「枝が必ず三つにわかれているでしょう？　だからミツマタ。これも紙の原料です」

「和紙の原料は楮、ミツマタ、雁皮《がんぴ》、って言いますよね」

天野さんが言った。

「そうそう。よく知ってるね」

「どうちがうんですか？」

石井さんがきく。

「楮よりミツマタの方が繊維が細いんです。細くて、やわらかい。紙にしたとき、光沢がある。お札の紙はミツマタで作るんですよ」

「へえ、お札を……」

「雁皮も光沢があって薄い紙ができますが、栽培がむずかしいんです。楮はミツマタや雁皮より繊維が太くて長い。だからできる紙も強靭《きょうじん》です。このあたりの名産の細川紙は楮だけで作るんです」

おじさんはそう言って、楮の木をなでた。

「あ、岡本《おかもと》さん」

おじさんがわたしたちのうしろに向かって声をかけた。見ると、先ほどとは別の小柄な女性がいて、こちらにやってきた。

「この方たち、大学生で、和紙のことを調べてるんだって。説明をお願いしてもいいかなあ」

「ええ、もちろん」

女の人がにこにこ答えた。三十代半ばくらいだろうか。小冊子研究会でいちばん背の低い石井さんよりさらに小さく、細い。でも、目はきらきらして、元気いっぱい、という表情だ。

「こちらは岡本さんって言って、和紙の先生なんですよ。わたしは畑を管理してる者で、楮を育てて収穫して皮を剝《む》くところまでしかわからない。紙漉きのことは彼女の方がずっとくわしいから」

「え、田端《たばた》さんだって紙、漉いてるじゃないですか」

岡本さんが笑った。

「いやいや、紙漉きはね、むずかしい。何度やってもうまくできない」

おじさんは困ったように笑った。

「岡本さんはここの研修で本格的に紙漉きを学んだ人ですから。なんでも知ってますよ」

「研修？」

莉子がきいた。

「ええ、和紙の技術をちゃんと伝承しないと、ってことで、県や市が研修生を取る制度を作ったんですよ。わたしはその二期生で、いまは東京の襖紙《ふすまがみ》の工房で働いてます。今日は休みで、後輩の研修生の様子を見に来たんです」

「さっき中庭で煮熟《しゃじゅく》の作業をしている若い女性がいたでしょう？　彼女は研修生。いまはほかに三人いるんです。今日は休みだから、彼女ひとりだけど」

「なんかうまくいかないところがあるから、って相談されて……。言葉では説明できないから、来ちゃったんですよ。家も川越で、そんなに遠くないですから」

岡本さんが言った。

「川越なんですか？　わたし、川越でアルバイトをしてるんです」

天野さんが訊く。

「ほんとに？　アルバイト先はどのへんですか？」

「一番街《いちばんがい》の近くです」

「そうなんですか。じゃあ、うちともわりと近いかも。まあ、それはそれとして……。まずは施設を案内しますね」

岡本さんはそう言って、さっきの建物の方に歩き出した。

4

「こちらが手すき学習室です」

岡本さんに言われ、受付からいちばん近い部屋にはいった。前に美濃でも見たことのある、漉き舟と呼ばれる紙漉き用の水槽がいくつもならんでいる。岡本さんはその横にある機械の横に立った。

「これはビーターと呼ばれるものですね。原料を細かくほぐすときに使うもので……。こちらのがナギナタビーター。ほかにホーレンダービーターというのがあって、原料によって使い分けるんですが……。皆さん、和紙のことを調べてらっしゃる、ってお話でしたから、紙漉きの手順はもうご存じなんでしょうか」

「わたしたちふたりは美濃で紙漉き体験もしてるので、流れはそこで教えてもらいました。ほかのメンバーもみんな一度は記念館で説明の映像を見たりしてるよね」

莉子に言われ、みんなうなずいた。

「記念館？」

岡本さんが訊《き》いてきた。

「日本橋にある、紙屋ふじさき記念館です。わたしがそこでアルバイトをしてるので」

わたしは答えた。

「えっ、紙屋ふじさき記念館？　なつかしい〜。むかし教室に通ってたことがあります。ずっと行ってなかったんですけど、最近また内容が充実してきた、っていう噂は聞いてました。あそこでバイトしてるんですか」

岡本さんが目を丸くした。教室。記念館の館長が藤崎さんになる前の話だろう。あのレクチャールームでいくつか教室を開いていた、という話だったから。

「あそこには舟も展示されてましたよね」

「はい、舟とか簀《す》桁《けた》のような古い道具は展示されてます。でも、ビーターや乾燥機のような機械はありません」

「そうか、そうでしたね。まあ、簡単に言うと、紙を作るときはまず、原料を煮る、それを水にさらして塵《ちり》を取る、叩解《こうかい》する。むかしは木の楮打《かずうち》棒で人が叩《たた》いてましたけど、いまは打《だ》解機《かいき》に入れて機械で叩くことが多いですね。それからこういうビーターでほぐす、という流れになります」

岡本さんがビーターの蓋《ふた》を開ける。長円型の水槽の中に大きな刃みたいなものがついている。

「うわ、怖っ」

石井さんが言った。

「あ、でも、これはそこまで鋭い刃じゃないので……。切るというよりほぐすためのものですね。水に溶かした材料をここに入れて、これを回してほぐしていく。ナギナタビーターは繊維の長い楮《こうぞ》用、向こうのホーレンダービーターはミツマタや雁皮みたいに繊維が短めの原料に使います」

岡本さんは舟の向こうにある機械を指した。

「で、水に繊維とトロロアオイを入れて……。トロロアオイ、わかりますか？」

「はい、『ネリ』ですよね」

「そうそう。粘りを出すために入れるものですね。ネリを入れることで簀桁の上に液体が長くとどまり、流し漉《す》きをおこなえるようになります。で、水と繊維とネリをこの舟に入れて、紙を漉く」

今日は紙漉きはおこなっていないようで、舟は空である。

「あと、こちらにある金属の板……。これが乾燥機です」

岡本さんが大きな金属の板を指して言った。

「このなかにお湯を通して、板を熱くする仕組みになってるんです。漉きあがった紙をここに貼って、乾かします」

「へえー。お湯が通ってるんですか」

莉子が言った。美濃で使った機械だが、どうやって熱しているのかは知らなかった。

「そしたら、次は機械室に行きますね」

いったん中庭に出て、次の建物にはいる。高さ三メートルほどの巨大な機械があった。これは美濃でも見たことのないものだった。

「うわーすげー」

「かっこいいー」

根本くんと乾くんが声をあげた。稲川くんも、ほうほう、とうなずきながらスマホを構えて写真を撮る。

「これは、機械抄《す》きの和紙を作るための機械で……。いまは動いてません。ここは試験場で、和紙を産業として発展させるためのさまざまな実験をおこなっていたみたいなんですね。明治以降、西洋紙がはいってきて、和紙も西洋紙みたいに安価に大量生産したい、という目論《もくろ》みがあって、機械を導入したみたいなんですけど……」

岡本さんが機械を見あげる。

「質的に納得のいくものが作れなかったのかもしれませんね。原料費もかかりますし、コストでは洋紙にかなわない。和紙の良さは品質の高さにあるので、やっぱり手漉きでないと、ということになって、機械化はあまり進まなかったみたいです」

「じゃあ、ずっと使ってないんですか」

乾くんが言った。

「そうなんです。ここにはそういうものもけっこうあるんですよ」

岡本さんが笑った。

裏庭に出て、向かいの建物には煮熟室という部屋があった。

「これはかしきや煮熟に使う釜《かま》ですね」

岡本さんが入口近くの大きな釜を指す。

「かしき？」

乾くんが訊いた。

「はい、収穫した楮を蒸す作業です。楮の長さを切りそろえ、この釜で蒸して柔らかくして、皮を剝《む》く。このあたりでは新年の行事としておこなうことも多くて、『楮《かず》かしき』って呼ばれます」

「楮かしき……」

「あったかいうちじゃないと剝けないので、人を集めて一気にやるんですよ。こういう釜に楮を入れて、蒸しあがったらみんなで一斉に皮を剝く。それを乾燥させて保存しておくんです。使うときにもう一度煮熟して、白い部分だけ剝《は》ぎ取る。さっき中庭で田端さんがやってたみたいに」

「みんなで剝くって、なんだか楽しそうですね」

天野さんが言った。

「そうですね、ここでも伝統工芸会館でも和紙の里でも、楮かしきの時期になったら、またボランティア募集すると思います」

紙の原料と触れ合う作業だ。一度やってみたいなあ、と思った。

「あの丸いのはなんなんですか？」

乾くんが部屋の奥を指して言った。

「あれですね、あれは地球釜っていう名前で……。釜の一種なんですけど、なかに圧力をかけることができるみたいなんです」

「圧力釜みたいな？」

莉子が訊いた。

「そうです。高圧になるので、『マニラ麻』っていう、楮やミツマタなんかより硬い材料を煮熟するときに使うみたいです。さっきもお話ししたように、ここは試験場で、量産というより開発のための施設だったんですね。だからこの地球釜は小型で、大きな工場ではもっと大きなものが使われていたようです」

「どうやって使うんですかね？」

乾くんが言った。

「これ、回転させることができるらしくて。上についている口から材料を入れて、作業後は回転させて下に流していたんだと思います。でも、ここではマニラ麻は使わなかったようで、この機械も使ってなかったとか。わたしが来るようになってからも、動かしているところは見たことないんですよ」

使わなくなってしまったものも少なくないようだが、かつてさまざまな試みがおこなわれていたことはよくわかった。

「あとは本館ですね」

岡本さんは建物の外に出て、裏をぐるっとまわってさっきの受付からつながっている建物に戻った。

本館はこげ茶に塗られた板張りの廊下に、白い壁。各部屋に和紙の歴史などに関する資料や道具が展示されていた。資料写真入りの手作りパネルもある。

中世から戦国時代、そして江戸時代。紙漉きをおこなう農家からの仲買願書には、雨天の時期には紙漉きができず、生活が困窮するとして、紙漉き衆に元手を金利なしで貸し付けしてほしい、と書かれていた。

古くから多くの女性が紙漉きに主体的に関わっていたこと、藤崎さんが話していた江戸の問屋に対する訴訟や、村同士でおこなわれた紙漉きの権利に関わる訴訟など、紙漉きと商売にまつわる歴史が細かく記されている。

紙作りは大きな産業で、さまざまな人々の暮らしを支えていたのだ。利害関係の対立もあり、争いごともあった。藤崎さんも言っていたけれど、きれいごとだけではないというのがよくわかる。

「この試験場は民藝《みんげい》運動ともかかわりがあったみたいで……」

反対側の壁の展示物を見ながら岡本さんが言う。

「民藝運動って、柳宗悦《やなぎむねよし》が推進していたものですか？」

乾くんが訊《き》く。

「そうそう。芹沢銈介《せりざわけいすけ》という染色家、ご存じですか？」

「わからないです」

莉子も乾くんもわたしも首を横に振った。

「知ってます。着物の染めで有名な方ですよね。たしか人間国宝で……」

松下さんが言った。

「そうなんですよ。こういう絵柄の……」

写真を指して言う。うつくしい柄の着物が写っている。

「型染《かたぞ》めっていうんです。伝統的な染色技法で、渋紙《しぶかみ》を彫った型紙と、防染糊《ぼうせんのり》を使って布を染めるんですね。ここにそのあたりの経緯が書いてあるんですけど……」

岡本さんが指した先を見ると、この研究所と芹沢銈介の関係がまとめられていた。

昭和九年、民芸学者である水谷良一《みずたにりょういち》から小川町では古くから紙漉《かみす》きがさかんにおこなわれていたことを聞き、柳宗悦と、バーナード・リーチ、芹沢銈介が小川町を訪れ、小川町の和紙作りの風景に驚嘆、県の関係者から協力を求められ、芹沢銈介は研究所に籍を置いた、とある。

「ということは、ここでは紙の型染めもおこなっていた、ということなんですか？」

わたしは訊いた。

「そのあたりのことはよくわからないんです。その後、戦争もありましたし」

「戦争……。そうか……」

乾くんがうなずいた。

「この試験場が廃止されたとき、なかにあったもののほとんどが処分されてしまったんですよ。だから、紙も資料も残ってなくて」

「ええっ、もったいない」

「そうなんですよ。いまでは作れないようなものも作られていたかもしれないし、ほんと、わたしたちも見てみたいと思うんですけどね」

岡本さんは残念そうに言った。

「廊下にも紙漉きの工程を説明したむかしの絵や写真がありますよ。あと、最近ここで作った染め紙も展示されてますから」

「染め紙！」

建物にはいってきたときから気になっていたものだった。

「ご興味ありますか」

「はい。記念館でも染め紙のワークショップを考えているので……」

「そうなんですね。紙漉きもおもしろいですけど、染めも楽しいんですよ。わたしはここで紙漉きを学んだあと、紙の装飾のことを勉強するようになって……」

　岡本さんがそう言って廊下に出る。パネルを見続けている乾くんを残し、松下さんとふたりであとについていった。

　廊下には淡い色に染まった紙が何枚も張り出されている。

「岡本さんは、いまは襖紙《ふすまがみ》の工房でお仕事されているんですよね」

　松下さんが訊いた。

「そう、襖紙っていうか、壁紙も作るし……。要するに、紙による室内装飾、っていうか。でも、ほんとうは料紙を作りたくて、家で制作しているんです」

「料紙？」

　なんだっけ。藤崎さんから聞いたことがあるような気がするけど……。

「かな書道用の紙ですよね」

　松下さんが言った。子どものころから書道と短歌を習っていると言っていたし、こうしたことにくわしいんだな、と思う。

「ええ。本来は『書きものをする紙』全般を指す言葉なんですけど。いまはおもに、かな書道で使う柄のはいった紙を指します」

　岡本さんに説明されて、あれのことかな、と思いあたった。

「『西本願寺本三十六人家集』って知ってますか？」

　岡本さんが訊いてくる。西本願寺本三十六人家集？　聞いたことがない、と思って首を横に振った。

「知ってます。母が前に展示を見に……。わたしは画像しか見たことがないですが、素晴らしいですよね」

　松下さんがさらっと答えた。

「わたし、もともとは美大の工芸科にいたんです。そこで『西本願寺本三十六人家集』を見て衝撃を受けて。卒業したあとはちょっと別の仕事をしたりしてたんですけど、やっぱり紙を学びたい、と思ってここで紙漉きを学んで……。料紙の制作も続けてるんですが、それではなかなか仕事がないので、襖紙の会社で仕事するようになったんです。襖紙でも同じような技法を使いますから」

「どういう技法ですか？」

「漉き模様紙、金銀の砂子《すなご》、切箔《きりはく》、具引《ぐび》き、雲母《うんも》引き、墨流《すみなが》し……。それに、切り継ぎや破り継ぎ、重ね継ぎみたいな継ぐ技法……」

「継ぐ？」

　わたしは訊いた。

「それぞれ別の装飾を施した紙を貼り合わせて一枚の紙にするんです。『西本願寺本三十六人家集』は平安時代の作と言われているんですが、ありとあらゆる装飾が駆使されているんですよ。破り継ぎは世界最古のコラージュ技法、と言われることもあって」

　岡本さんの目がきらきらかがやいている。

「そうやって装飾された紙に、三十六歌仙の和歌が書かれているんです。紙と書のうつくしさが響きあって、すばらしいんですよ。わたしも一度本物を見てみたいです」

松下さんがわたしに言った。

記念館でいろいろ学んだつもりだったけれど、書については知らないことばかりだ。和紙にとって重要な使い道だから、もっと勉強しなければ……。

「もしよかったら、どんな紙を作っていらっしゃるのか見てみたいんですが……。どこかで見ることはできますか？」

わたしは訊いた。

「ええっ、うれしい。紙屋ふじさき記念館でお仕事されてるんですよね。そしたら、そちらに作品を持っていってもいいですか？」

岡本さんに言われ、びっくりした。

「いいんですか？」

「ええ。日本橋なら、いま働いている工房からそんなに遠くないんです。前に教室に通っていたこともあって、久しぶりに行ってみたいな、と思って。前の社長の奥さまがこのあたりの出身だっていうお話も聞いたことがありますし、前からもう一度ちゃんと見ておきたいと思ってたんです」

「ありがとうございます。そしたら、お願いします。わたしは夏休み中は休館日の月曜以外はだいたい毎日います。館長にも話しておきます」

そう言って、岡本さんとメールアドレスを交換した。

5

見学を終え、和紙体験学習センターを出て、駅の方に向かって歩きはじめた。

「お腹空《す》きましたねえ」

鈴原さんが言った。

「そうだね。もうお昼すぎだもん。ずいぶん長くいたなあ」

莉子が時計を見る。

「内容、充実してましたからね。機械もかっこよかったし、説明パネルも……」

乾くんが言った。

「写真、だいぶ撮りました」

稲川くんがぼそっと言う。

「建物の佇《たたず》まいがもう、本物感あふれてて……。あの古びた壁、モダンな造り、重厚な機械……。いやーほんと、くらくらしましたよねえ」

根本くんは興奮気味に、大きな身振り手振りを入れる。

「本物だからね」

乾くんが苦笑いする。

「そうなんですけど、変に改装されていないからこそ滲《にじ》み出る歴史の厚みと、時の流れの儚《はかな》さ。あのパネルの手作り感もほんと素晴らしくて……」

根本くんの熱い口調に、思わずくすっと笑いそうになったが、言いたいことはわかる。建物にも機械にも、そう思わせるような独特の雰囲気があった。

「根本くんは詩人だねえ」

松下さんが微笑んだ。

「詩人……？」

石井さんが声をひそめる。

「やっぱり松下さんはわかりますよね。あの建物の魅力が……」

根本くんがぎらぎらした目で松下さんを見つめ、松下さんは少し引いたように、ええ、とうなずいた。

「それより、ごはんどうしますか？　和紙の里で食べる予定でしたけど」

乾くんが莉子に訊《き》いた。

「バスは？」

「このまま急いで駅に行けば、ちょうどバスがあります。間に合うかどうか、ぎりぎりな感じですけど」

乾くんがタブレットを見ながらそう言った。

「そっか。じゃあ、さっさと和紙の里に移動しよう。行きはゆっくりだったけど、今度は寄り道せずに行くよ！」

莉子の言葉にうなずき、みんな足早に駅に向かった。

時計を見ながら急いで歩き、なんとかバスに間に合った。最後は小走りになったので、みんな汗だくになっている。席に座るとそれぞれ鞄《かばん》からタオルを取り出して汗を拭《ふ》き、ペットボトルや水筒の水を飲んだ。

「山里だね〜」

となりに座った莉子が窓の外を見ながら言った。

「ほんとだ。川も見えます」

前の席に座っていた中条さんも窓に顔を近づける。

川……。

——小川町から東秩父村に向かう途中の川沿いだよ。いまはもうなにも残ってないけどね。

藤崎さんの言葉を思い出し、外を見た。

紙漉《かみす》きには水が重要、というのは美濃でも聞いた。紙を漉くときに水が必要なだけでなく、剝《は》ぎ取った楮《こうぞ》の皮を白くやわらかくするために川の水にさらす。

ここに来る前に調べたところ、小川町は槻川と兜《かぶと》川にはさまれた盆地だったから紙漉きに適していた、と書かれていた。

薫子さんの家の工場もこういうところにあったのかもしれないなあ。

川の流れを見ていると、藤崎さんが言っていた「ぴっかり千両」という言葉が頭に浮かんだ。

――紙漉きがおこなわれるのは冬。漉きあがった紙を晴れた日に天日干しにすると、白く質のいい紙ができる。村じゅうに紙が干され、あたり一面真っ白になり、大きな儲《もう》けになった。

このあたり一面に真っ白な紙が広がっていた。

のどかな風景のように思えるけれど、それだけじゃない。労働の厳しさもあっただろうし、和紙体験学習センターの展示には利潤をめぐりさまざまな諍《いさか》いがあったことが書かれていた。生きていくための闘い。

ぴっかり千両という言葉にはそうしたものがすべてこめられているんだ、と思った。

和紙の里に到着し、バスを降りる。

「おお、こっちはあたらしくて、ぴかぴかですね」

石井さんが目の前の建物をながめながら言う。ガラス張りで、現代的な建物だ。

「そっちは農産物直売所。裏はフードコートになってるんだ」

莉子が言った。

「サイトには、直売所以外の建物はこのあたりに古くから伝わる木造建築の技術を使って作られている、って書かれてますね」

乾くんが言った。

「そうみたいだね。と言っても、平成二十八年オープンだから、移築した紙漉き家屋以外は、あたらしい建物だよ」

莉子はそう言いながら、農産物直売所と和風の建物のあいだの道を進んでいった。

「けっこう広いんですね」

二宮さんがあたりを見まわす。

「この施設はゆるキャラはいないんですかね」

石井さんもきょろきょろしている。さすがゆるキャラクリエイター。目のつけどころがちがう。

「うーん、前来たときも、そういうのは見かけなかったかなあ」

莉子が笑った。

「とりあえず、ごはん食べませんか？　お腹空いちゃったし」

中条さんが言った。

「フードコートですか？」

石井さんが訊く。

「いや、男子はそれじゃ足りないでしょ」

「そうっすね」

「わたしも足りないです！」

稲川くんと中条さんが即答する。

「えーと、たしかこっちに御食事処が……」

莉子が左に向かって歩き出した。

「いま右に見えてるのが紙漉き体験できる『和紙製造所』で、左が特産品の売店。紙製品もここで売ってる。で、ここを抜けると中庭になってて……」

莉子が和紙製造所ととなりの建物のあいだの道を指す。

「ほんとだ。広い。あ、あの向こうにあるのが紙漉き家屋ですか？」

二宮さんが言った。

「そうそう。食べたら見にいこう。まずはごはん！」

莉子が小道の反対側の建物を指した。入口にそば処ののれんがかかっている。

「おー！」

石井さんが片手をあげて答えた。

わりと混んでいたこともあり、全員いっしょの席は無理で、三卓に分かれた。わたしと同じ卓には、莉子、乾くん、鈴原さん。少し離れたところに石井さん、松下さん、根本くん、二宮さん。そのとなりの卓に天野さん、稲川くん、中条さん。

「暑かったし、バスに乗るためにダッシュしたし、けっこう疲れたね」

運ばれてきた水を飲み、莉子が言った。

「情報量も多かったですしね」

「でも、面白かったです」

乾くんと稲川くんが言った。

メニューは手打ちそばやうどんが中心で、天ぷらや山菜がついたものもある。うどん、そばで分かれたが、全員冷たいものを頼んでいた。料理が運ばれてくると、みんなお腹が空《す》いていたのか、しばし無言で食べた。

「荒船《あらふね》先輩は、インターン、忙しいんですか」

だいたい食べ終わったところで乾くんが訊いた。

「いろいろ見ておきたいし、何社か入れたからね。でも、やっぱり hiyori に行きたい気持ちが高まってて……」

hiyori というのは東京を中心に観光スポットやイベントを紹介するアプリを作っている会社である。有名な場所や大規模イベントではなく、小さな穴場スポットや知る人ぞ知るイベントを取りあげることが多く、二十代三十代の女性に人気なのだそうだ。

まだあたらしい会社なのだが、莉子の所属する立花《たちばな》ゼミの先輩が勤めていて、莉子はゼミ経由でその会社の仕事を何度か手伝っている。記念館のことも何度か取材に来てくれて、そのおかげか、最近は記念館に若い女性客が増えた。

「莉子、hiyori が合ってるみたいだもんね」

取材の手伝いをするうちに、学生ライターとしていくつか記事を書かせてもらっていて、アクセス数もけっこう稼いでいるらしい。

「でもねえ、親はやっぱり大手にはいってもらいたいみたいなんだよね。あたらしい会社は不安定なんじゃないか、って。ネットメディア、ってとこも気になってるみたいで」

「なんでですか？」

鈴原さんが訊《き》く。

「なんか、実体がない気がするみたいなんだよね。製造業だったら、なにか作ってるものの実体があるでしょ？　車、とか、家電、とか、食料品、とか。でもネットメディアにはなにもないから」

「それはたしかにそうですけど……」

鈴原さんがよくわからない、という顔になった。

「うちは父親が大手の家電メーカーに勤めてるから。大企業や製造業に対する信仰が強いのもあると思うけど」

「ベンチャーは信用できない、みたいな感じなんでしょうか」

乾くんが言った。

「あたらしい会社だから若い人しかいないし、やっぱり社員の層が厚くないと、とか。まあ、言いたいことはわかるんだけど」

「そういえば、うちも親が地方の公務員なので、やっぱり公務員の方が、とかいつも言ってます。会社勤めは浮き沈みもあるし、って。就職するときはやっぱり地元で、って言い出しそうで、いまからちょっと憂鬱《ゆううつ》で」

鈴原さんが表情を曇らせる。

「まあ、あんまり気にしなくていいんじゃないですか？　親の世代とは世の中もだいぶ変わってますし、自分の人生なわけですし」

乾くんはあっさり言う。

「そんな簡単にはいかないだろうけど。でも、結局自分がやりたいことじゃないとダメなんじゃないか、とも思うんだよね。hiyori の社風も気に入ってるから。先輩たちも意欲的で、古い会社にありがちな社内のぐだぐだもなさそうだし」

「そういうの、大事だと思います。前向きなところにいれば、自分も前向きになれる気がします」

鈴原さんがうなずいた。

「社員の層が厚いと磐石《ばんじゃく》にはなりそうだけど、ちょっとやそっとじゃ動かない気もするし、そういうのってなんか合わない気がして……。結局、自分で決めるしかないんだけどね」

盤石になるけどちょっとやそっとじゃ動かない。その言葉を聞いて、藤崎産業のことをちらっと思った。藤崎産業も大きな会社だ。ほんとに和紙の部門を続けられるのか。藤崎さんがやる気になっても、その通りに動くか、と言われるとよくわからない。

「そういえば、西園先輩はどうなったんですか？　就職、決まったんでしょうか」

鈴原さんが訊いてくる。

鈴原さんは、新歓のとき、西園先輩の『地域猫通信』を見て入部を決めたのだ。

西園先輩は、ふわふわとつかみどころがなく、部活動にも出たり出なかったり、石井さんいわく「不思議ちゃん」（男だけど）。年に一度、自分で自主的に『地域猫通信』という小冊子を作り、大学祭のときに販売している。

地域猫を撮影した写真を集めたものだが、猫がちゃんと撮れている写真は一枚もないのに、なぜかいつも大人気で早々に完売してしまう、という不思議な力を持っている。

「そもそも、西園先輩が就職、って……。なんか似合わなすぎて、想像できない」

莉子が苦笑いした。

「あ、西園先輩は就活しないって言ってましたよ」

乾くんが言った。

「え、そうなの？　じゃあどうやって……」

莉子が首をひねる。

いくら不思議ちゃんでも働かなくては生きていけないだろう。

「いや、なんか、前に会ったとき聞いた話では、西園先輩の家って、老舗《しにせ》の料亭なんだそうで……」

「料亭？」

莉子と鈴原さんが同時に声をあげた。

「西園先輩も、はじめは企業に就職しようと思ってたみたいなんですけど、いろいろやって、自分には向いてない、と思ったみたいで……。卒業後は実家の手伝いをすることにしたみたいです」

「え、そうなの？　知らなかった。じゃあ、料理人になるってこと？」

莉子が訊いた。西園先輩が料理しているところはちょっと想像できないが……。

「いえ、どちらかっていうと経営の方らしいです。先輩には歳の離れたお兄さんがいて、もう調理場にはいってるみたいで」

「へえ、そうなんだ。知らなかった。けど、そもそも西園先輩の家が料亭だってことも、お兄さんがいるってことも初耳だし、考えたら、わたしたち西園先輩のこと、なんも知らないかも。猫好き、ってことくらいしか」

「僕もその話聞いたときはちょっとびっくりして。あ、でも、納得、っていうか、老舗料亭の息子、って言われると、それしかないよな、って気もして」

「そうですね。あのふんわりとした物腰はそのせいだったんですね。和服も似合いそう」

鈴原さんがほんわりした表情で言った。

「はあ……。まあ、たしかに」

莉子もうなずく。

「だから、店の手伝いをしながら、地域猫を守る活動をするとか……」

「そうなんだー。いいなあ、家が商売してる人は」

莉子がため息をつき、椅子の背にもたれた。

「いや、まあ、それほど楽じゃなさそうですけどね。これまでサークルの活動に来たり来なかったりだったのも、店の都合みたいですよ。なにしろ老舗ですからね。伝統とか、古いつきあいとかいろいろあるみたいで」

「そうなんだ」

莉子が目を丸くした。

「吉野先輩はどうするんですか？」

鈴原さんがこっちを見る。

「百花は、藤崎産業でしょ？　もう決まったようなもんじゃない？」

莉子がわたしを見た。

「うーん、そんなに簡単でもないんだよね」

「なんで？　藤崎産業にはいる、ってこの前言ってたじゃない」

「それはわたしの気持ちの問題で……。採用してもらえるかはまた別、っていうか」

「まあ、試験はあるんだろうけど、薫子さんの口添えもあるんじゃないの？」

「藤崎産業だって大きな会社だからね。それだけで合格できるとはかぎらないし。それに、来年の三月には記念館もなくなるでしょう？」

「え、そうなんですか？」

鈴原さんが驚いた顔になる。そういえば、莉子や森沢先輩、二年生には話したけれど、一年生にはまだちゃんと話してなかったな、と気づいた。

「うん。あのビルを処分することが決まってるから。だから、三月で記念館は閉館。そのあとのことを考えて、ワークショップや販売を続けられるようにサイトを作ったりはしてるんだけど、和紙部門をその後も続けられるかはまだ決まってない」

「そうなんですか」

「でも、文化的なことをしてるのが、企業イメージにもプラスになるんじゃないの？　前にそんな話、してたじゃない？」

「そう思ってもらえるようにいろいろ活動してるんだけど、まだはっきりしたことは決まってないんだよね。会社全体の判断だし、業績のこともあるし」

「和紙関係のことができないんだったら、吉野先輩としては藤崎産業に行く魅力はない、ってことですか？」

乾くんが訊いてくる。

「うん、そこはね。いますぐできなくても薫子さんや藤崎さんを信じて、藤崎産業にはいろう、って決めた。けど、これも会社の判断だから。今後も和紙部門を続けていくんだったら、いま記念館でがんばってることを評価してもらえるかもしれないけど、和紙部門がなくなるんなら、いらない、って思われるかもしれない」

「なるほど……。あのいとこもいるしね」

「いとこ？」

鈴原さんが首をかしげる。

「館長の藤崎さんのいとこで、本社の営業部にいるんだよね。藤崎さんのライバル、っていうの？　記念館のやることにいちいちケチをつけてくる人」

「そんな人がいるんですか？」

鈴原さんが目を見開いた。

「同族経営あるあるですね」

乾くんがうなずく。

「いや、まあ、それはまた別の話で……」

もごもご言ってごまかす。実際、浩介《こうすけ》さんはいまの社長の息子だが、社長自身はバランスの取れた人で、息子に引きずられて判断を変えるようなことはなさそうだ。

ただ、浩介さんがいるのは第一営業部。包装資材を扱う部署だ。和紙部門がなくなったとき、いまの記念館の仕事を引き継ぐとしたら、包装資材部門かもしれない。藤崎産業に採用されたとしても配属先が浩介さんの部署だったら……。

そこも少し気がかりなところだった。

6

食事を終えて、店の外に出た。

「いやあ、たいへんでした」

別の卓にいた二宮さんが近づいてきて、ひそっと言う。

「え、どうしたの？　なんかあったの？」

莉子も声をひそめて訊《き》いた。

「石井先輩と根本くんが松下さんの前で張り合っちゃって……。まあ、ケンカになったとかそういうんじゃないんですけど」

二宮さんが苦笑いする。

「ああ、なるほど……」

莉子が少し離れたところにいる三人をながめる。根本くんは相変わらずぴょんぴょん飛び跳ねながら、大きく身振り手振りをつけてなにかしゃべっている。

「ま、若い、っていいよね！」

莉子はそう言って、ははは、と笑った。

中庭は広々として、あちらこちらにさまざまな木が植えられていた。スケッチブックを広げ、写生している子どもたちもいる。

左側の建物は研修会館といって、集会や宿泊に利用できるらしい。いちばん奥の、少し高いところにあるのが紙漉《かみす》き家屋。茅葺《かやぶ》き屋根の民家である。縁側が開け放たれ、建物のなかが見えている。左側には畳の部屋が広がり、入口のある右側の奥は土間だった。

近世から近代において細川紙の紙漉きが盛んにおこなわれていたころの一般的な紙漉

き家屋である、と説明板に書かれていた。

寄棟造り、茅葺きの中規模農家で、建築年代は十七世紀末。大字奥沢《おくさわ》というところにあったものを移築したらしい。

　土間には馬屋があったが、天保《てんぽう》年間（一八三〇～一八四四）に紙漉きを始めたため、馬屋を撤去して紙漉き場を作ったと考えられる、とあった。

　藤崎さんは、紙漉きはもともと農家の農閑期の副業だった、と言っていた。

――庶民にも紙が普及して、百万人都市にふくれあがった江戸では大量の紙が消費されるようになった。

――比企、秩父、男衾に七五〇軒以上の紙漉き屋があったって言われてる。

　藤崎さんの言葉を思い出す。

江戸時代、このあたりにはこういう家がたくさんあったのか。建物を見あげながらそう思った。

　入口を抜けると土間だった。天井が高く、薄暗い。もともと紙漉き場だったと思われる場所には古い道具がたくさん残っていた。舟や釜《かま》、桶《おけ》、楮打《かずうち》板と楮打棒。紙漉きの工程を描いた絵も貼ってある。

「こういうところで紙漉きしてたんですね」

　となりにいた天野さんが言った。

「そうだね。紙漉きは冬の仕事だったみたいだから、冷たい水で漉いてたんだと思う」

——農業だけでは暮らしていけない土地の人にとっては紙漉きは重要な収入源だった。

藤崎さんはそんなことも言ってたっけ。

「ここを見ると、さっきの和紙体験学習センターがいかに近代的だったかわかりますね」

乾くんが言った。

「この楮打板と楮打棒っていうのが、叩解《こうかい》で使われてた、ってことですよね。試験場では機械だったけど、この時代は全部人の手で作業してたんですね」

稲川くんはそう言いながら道具の写真を撮っている。

記念館に展示されているのも、これと似た木の道具が多かった。薫子さんの家で実際に使われていたものという話だったが、使っていたのはだいぶむかしで、薫子さんが育ったころにはもう少し近代的な機械を使っていたらしい。機械の方は大きすぎて記念館に運び入れることができず、ほとんど処分してしまった、という話だった。

紙漉き家屋からさらに右に進むと、大きな倉庫のようなものがあり、いまは公開はされていないが、紙漉きの製作用具や製品が収蔵されているみたいだった。

中庭を通って入口近くに戻り、「ふるさと文化伝習館」を見た。伝統産業である和紙や竹縄、武士が奉納した刀、昭和初期にアメリカから日本の子どもたちに贈られた「青い目の人形」などが展示されている。

それからいよいよ紙漉き体験のできる和紙製造所へ。紙漉きをするのは去年の美濃以来だ。あのときだいぶ練習したけど、正直上手《うま》くなった気はしない。かなり時間も経っているし、ちゃんとできる自信はなかった。

紙漉き体験にはいくつか種類があった。美濃でしたのと同じように、無地や模様入りの紙を漉くほか、葉書や色紙、ミニタペストリーを作る、というものもある。

「わたしはこの葉書っていうのがいいと思うんですよ」

価格表を見ながら石井さんが言った。

「ええー、せっかくだから、大きな紙を漉いてみたいですよ」

根本くんがあらがう。

「葉書なんて使うとは思えないし」

乾くんも不満そうだ。

「使うんじゃないですよ、売るんです」

石井さんの鼻息が荒くなる。

「え？」

「大学祭で売るんですよ。草花入りって書いてあるし、あそこに飾ってあるサンプルを見ると、あれなら売れる、って気がします」

石井さんがメガネをキュッとあげた。

「葉書は一回で十枚作れるんですよ。ひとり十枚で、今日は十一人いるから百十枚できる。ひとり一枚自分用のお土産に使ったとしても、百枚近くになるじゃないですか。一回千円で十枚。一枚百円でしょう？　この値段なら大学祭で売るとき、ちょっと上乗せできそうですし」

「たしかにねえ。大きな紙は一枚、色紙やタペストリーは二枚だから、単価も高いし、売れないような……」

　いつのまにか莉子も販売すること前提で話している。

「葉書なら、結局使わなくても『使うかも』と思わせるところがある。それに、面積が大きくなるとデザインだってむずかしくなりますよ。草花を置くんでしょう？　葉書ならちょこちょこって置けば形になりそうだけど、大きな紙にバランスよく配置するのはかなりセンスが必要です」

　石井さんがじっと乾くんや稲川くんを見る。自作のスイーツゆるキャラサイトを作り、同人誌の売りあげもなかなかのもの、去年の大学祭の冊子作りのデザインでも抜群の技量を発揮した石井さんに言われると、みんなぐっと黙った。

「わかった。葉書にしよう」

　莉子がうなずいた。

「えぇー、でも、体験は自費でしょう？　自腹切ってるのに大学祭で売るって、なんか納得できない」

　根本くんは不満げである。

「あ、でも、売れた分はちゃんとみんなに還元するよ。一枚百五十円とかで売って、売れた分は、百円みんなに返す。で、残りは部の収入で……」

莉子が言った。

「なるほど」

根本くんの表情が急に変わった。

「葉書にしましょう。売れるやつを作ります」

きりっとした顔で言った。

「じゃあ、決まりだね」

莉子はそう言って、受付に行った。近くで作業していたおじさんがやってくる。

「体験？」

「はい。葉書を十一人で」

莉子が答える。

「葉書ね。わかった。代金はあとだよ。草花入れるから、まずは自分で材料を準備してきて」

おじさんがにこにこ笑う。材料を準備？　どうやって？

「そこに小さいカゴがあるでしょ、ひとりひとつそれを持って、中庭で花や葉っぱを取ってくる」

「え、生きてる植物からですか？」

「そう。生きてるのじゃないとダメだよ。新鮮な葉っぱじゃないと、色が変になっちゃうから。落ちてるのはダメ。必ず生えてる植物からちぎって。生えてるのでも、萎《しお》れてるのはダメだよ。できるだけ色がきれいなやつ。中庭にある植物は、木でも草でも自由に取ってもらって大丈夫だから」

おじさんにそう言われ、みなひとつずつカゴを手に取った。

「どんな葉っぱでもいいんですか」

松下さんが訊《き》いた。

「紙を漉《す》いて、葉っぱや花を載せて、その上からもう一枚薄く漉いた紙を載せるからね、あんまり厚い葉っぱだとうまくいかない。薄めの方がいいね。花も同じ。雄蕊《おしべ》や雌蕊はのぞいて、花びらだけにした方がうまくいくよ」

「わかりました。ありがとうございます」

松下さんがお辞儀した。

「まず、材料調達ってことですね。どんな植物を採るかが勝負の分かれ目になるから、ここはがんばらないと！」

根本くんが張り切っている。

「勝負って、なんの勝負なんだよ」

乾くんがぼやいた。

中庭に出ると、一年女子は庭の真ん中の植物が集まっている場所に向かい、乾くんと稲川くんは庭の周りの植えこみの方へ。莉子と石井さん、松下さんとわたしは、紙漉《かみす》き家屋の方にのぼった。根本くんはひとりで庭のなかをうろうろしている。

「どれにしましょうか。迷いますね」

松下さんがまわりを見る。

「薄めの葉っぱでしょう？　こういうのかな」

石井さんが下の方に生えている草の葉を指す。

「あれ、桜の木ですよね。桜の季節だったら桜の花びらを入れたかったですねえ」

松下さんが言った。

「もみじもあるけど、いまは赤くないからなあ」

石井さんがぼやいた。

「えー、どれにすればいいんだろ。組み合わせ方はあとで考えるとして、いまは片っ端から採った方がいいのかな」

「でも、使わないのに採るのはかわいそうじゃないですか」

松下さんが少し悲しそうな顔になる。

「そうだね、そもそもむしるのってなんか罪悪感あるよねえ」

莉子が笑った。

「子どものころはよくちぎって遊びましたけどね」

石井さんが言った。

「シロツメクサを繋《つな》いで冠作ったり、四葉のクローバーを探して採ったり……。ツユクサで色水作ったりもしましたね」

松下さんがむかしを思い出すような顔になった。

「ツツジの蜜《みつ》も吸ったよね」

莉子が言った。

「えー、生えてるやつですか？」

石井さんが訝《いぶか》しげな顔になる。

「おいしいんだよ、サルビアとかもね」

莉子が笑う。わたしもサルビアの蜜は家の近くで吸ったことがあった。

「石井さんは都会っ子だから、経験ないのか」

「そうですね。虫取りとかもあんまりしたことないです」

「そうなんだ。うちのあたりは公園があって緑が多いから、小さいころはみんな蜜吸ったりして遊んだなあ。ツツジは毒があるやつもあるから、種類がわからないのは吸っちゃダメって先生に注意されましたけど」

「まあ、あのころのことを思い出せば……」

莉子が近くにあった葉っぱをぷちっとちぎった。

わたしたちも真似て何枚かちぎる。

考えたら、紙自体も植物でできてるんだよなあ。染料もむかしは植物から採っていたみたいだし、わたしたちはこうやって、生き物の身体を使うことで生活を豊かにしてきたんだ。食べるだけじゃない、布だって植物や蚕の出す糸で作った。いまは自分の手を汚さないだけ。紙だって木の皮を剝《は》いで作っているんだから。いまは化学繊維もあるけど、食べものはなんだってもともとは生きものだし、わたしたちはほかの生きものの命を食べ、命をまとって生きているんだな、と思う。

気がつくと、みんな散り散りになっていた。ひとり黙々と歩きまわり、あちらこちらで花や葉を採った。

「そろそろいいかなあ」

莉子の声がして、石井さんや松下さんが集まってくる。おたがいのカゴを見くらべて、まあ、これくらいあればいけるかな、と言い合った。中庭の真ん中を通り、一年女子や乾くんたちにも声をかけ、さっきの建物に戻る。

みんなのカゴをのぞくと、採ってきた植物にもそれぞれの個性が出ている気がした。鈴原さん、二宮さん、松下さんは花びら中心。莉子や中条さん、石井さん、天野さんは葉っぱと花が半々くらい。わたしも似たような感じだった。男子は葉っぱの率が高いが、稲川くんはわりと花も摘んでいた。

変わっているのは根本くんで、カゴのなかにはシダしかはいっていない。いろいろな形のものがあるが、どれもシダみたいだ。

「今回はシダでまとめることにしたんです」

根本くんはきりっと言った。

「みんな、採ってきたかな」

おじさんがにこにこ笑いながらやってくる。

「このくらいで大丈夫でしょうか」

莉子がカゴを見せた。

「うーん、大丈夫じゃないかな。まあ、足りなくなったらまた採りにいけばいいんだから。そしたら、紙漉きしよう。植物はそこに置いて……」

おじさんが台を指す。言われた通りにみんなカゴをその上に置いた。

「人数多いから、舟をふたつ使うけど、最初にやり方を見せるから、まずみんなこっちの舟のまわりに集まってください」

おじさんが奥にある舟の前に立つ。わたしたちはそのまわりをぐるっと囲んだ。

「では、これから紙漉きをはじめます。この舟のなかに紙の原料が溶けていて……」

おじさんが説明をはじめ、みんな舟のなかの白く濁った水を見つめた。

「これは簀《す》桁《けた》っていいます。これをこの水に入れて、引きあげる。そうすると簀の間から水が下に落ちて、紙の成分だけになって固まる。簡単に言うと、そういう仕組みです。今日はみんな葉書ということなので、この枠を使います」

おじさんの持っている簀桁には、葉書サイズの木の仕切りがはいっていた。そうか、最初から仕切りがはいっていて、いっぺんに十枚漉くのか。

「じゃあ、いまから一回やってみせますね。こうやって簀桁を少し立てて、水のなかに入れる」

おじさんが両手で簀桁の枠をつかんだ。斜めにして、水にすうっと入れる。

「このままこうして縦横に少し揺らす」

水のなかで少しだけ小刻みに揺らした。

「そしたら、ぐいっと持ちあげる」

おじさんが簀桁を水平にしたまま持ちあげる。なかに残っていた水が簀から下に抜け、薄い豆腐のようなものが残った。

「あ、大きく揺らしたり、水をはらったりはしないんですね」

美濃でおこなった流し漉きとはちがうんだな、と思って訊《き》いた。

「そう、これは溜《た》め漉《す》きだからね。流し漉き、やったことあるの？」

「はい。美濃で一日体験をして……」

「むずかしかったよね」

莉子が言った。

「ここでも、大きな紙で流し漉きもできるけど、あれはなかなかむずかしいからねえ」

おじさんが笑った。

「でも、水がはいってる状態で水平に持ちあげるのもむずかしそうです」

いま簀桁を上にあげたときの様子を思い出しながら言った。

「うん。やっぱり簀のうえに残ってる水が揺れるから、それでぐらぐらしちゃうんだよね。だから枠はしっかり持って。でも、肩や手首にがっちがちに力がはいってても、やっぱり水平を保てない。枠はしっかり握って、でも手首はやわらかく……」

おじさんは簀桁を持って揺らしながら言う。

「しっかり握って手首はやわらかく、って矛盾してませんか？　そんなことできるのかな」

根本くんが突っこむ。

「慣れればできるものなんだよ。あんまりなにも考えないのがいちばん。あれこれ考えると力がはいって失敗する」

おじさんがははは、と笑った。

「じゃあ、半分はこっち、もう半分はあっちの舟に分かれて。あっちの舟では彼が教えてくれるから」

もうひとつの舟を見ると、おじさんより若い男の人が立っていた。石井さん、松下さん、根本くん、二宮さん、鈴原さんがそちらの舟に移動した。こちらには、莉子、わたし、乾くん、稲川くん、天野さん。中条さんはカメラをかまえている。

「じゃあ、だれからいこうか」

おじさんが言うと、天野さんがすっと手をあげた。

「わたし、やります」

まっすぐな目でおじさんを見る。

「お、はきはきしてていいねえ。じゃあ、まずこれを持って……」

簀桁を渡され、天野さんが枠を握る。

「さっき見たから覚えてるかな。それをこう、少し斜めに持って、水に入れる」

「それで、縦横に小刻みに揺らすんですよね」

「そう。まずはやってみよう。失敗しちゃったら、丸めて舟に戻せばそのまま使えるからね。何度でもやり直せるから、緊張しないで」

「わかりました」

天野さんはそう言って、一度大きく深呼吸し、簀桁をすっと水に入れた。

「そうそう。そのまま水平にして、小さく揺らして……」

おじさんに言われて、天野さんが水中で簀桁を水平にし、縦横に少しだけ揺らした。

「それでいいよ。じゃあ、引きあげてみようか」

「はい」

天野さんはぐいっと簀桁を引きあげた。

「うん、うまいうまい。ほとんどぐらぐらしなかったね。そしたら、できた紙の表面を見てみようか」

おじさんが簀桁の上の豆腐のようなものを指した。

「うん。均等にできてるし、ぼこぼこしたところもほとんどない。ぐらぐらすると表面に細かい凸凹ができるんだ。これはうまくできてるから合格。まあ、あとは自分の判断で、もっときれいに、って思うんだったら、やり直してもいいけど」

「いえ、大丈夫です。次にやってもっとうまくできるかわからないし、はじめてのものを記念にしたいので」

天野さんはすぐにきっぱり答えた。

「うん。それならそれでもちろんＯＫ」

おじさんがそう言ったとき、となりの舟から、うわあっと言う声が聞こえた。

根本くんだ。

「これ、思ったよりむずかしいですね」

「ちょっと肩に力がはいりすぎてるかな。かなり波打ってるし……」

「もう一度やらせてくださいっ」

根本くんががばっと頭を下げた。

「いいですよ、どうぞどうぞ」

指導の人がくすくす笑いながら答えた。

「あいつはなにをやらせても騒がしいな」

乾くんが苦笑いする。

「まあ、いいじゃない、若いってことで」

莉子が笑った。

「じゃあ、こっちは次、だれにしますか」

「僕、やります」

乾くんがすっと前に出た。舟の前に立ち、おじさんから簀桁を受け取る。枠を握って舟に入れる。

「で、縦横に揺するんですよね？」

つぶやきながら簀桁を動かす。

「あー、それだと揺らしすぎ。もうちょっとしずかに……」

「ええっ」

乾くんは焦ったような声をあげ、揺らし方を変えた。

「はい、じゃあ、引きあげて」

「お、おおおっと」

簀桁がちょっとぐらついたのがわかった。

「うわ、これはダメだ」

乾くんが言った。

「うーん、そうだね、ちょっとぼこぼこしてるかな。あとこちら側の方が全体に厚くなっちゃってるね。揺らすときに簀桁が水平じゃなかったから……」

「あー、なるほど、たしかにこれはけっこうむずかしいですね。もう一度やらせてもらってもいいですか」

「もちろんもちろん」

おじさんはやわらかい豆腐のような紙を集めて水に戻す。

「天野さんが簡単そうにやってたから、ちょっと舐《な》めてた。原理は単純だけど、意外とむずかしい」

乾くんはそう言いながらもう一度簀桁を握った。

結局、乾くんは三回目で成功。莉子とわたし、鈴原さんは二回目、稲川くんは一回でうまくいった。もうひとつの舟の方は根本くんと石井さんが大騒ぎで、だいぶ時間がかかっていたので、中条さんは莉子と撮影を交代して、こちらの舟で漉いた。

「じゃあ、次はさっき採ってきた草花を散らします。席を用意してあるので、それぞれの場所に座ってください。座るとき、台の上の紙を動かさないようにしてくださいね」

見ると、低い台の上にさっきの薄い豆腐のような紙が置かれている。漉いた順にならべられているので、みな自分のカゴを持って自分が漉いた紙の前の小さな椅子に座った。

「この上に、さっきの草花を散らしていってください。ルールはないので、自分の感覚でならべていいんですよ。ならべ終わったら、その上にもう一枚、薄く漉いた紙をかぶせます。これはわたしたちの方で漉いて、載せますから」

おじさんが言った。

「どう置こうかなあ」

左に座った莉子が首をひねっている。右の鈴原さんは、思い切りよく紙の上に花びらを置きはじめていた。

うーん、どうしようか。自分のカゴのなかを見ながら、配置を考える。紙に置くときのことを考えて、ひとつの種類の草花を複数採ってきた。一枚ずつ一種類のもので作ろうと思っていたのだが、それでは少し単調な気もしてきた。

花びらを一種類、葉を一種類、ふたつを組み合わせて一枚に載せよう。葉っぱを下の方に二、三枚置いて、その上に花びらを置いて……。

同じ置き方だと飽きてきて、花びらを散らしたまわりに葉っぱを配置したり、草花を上の方に置いたり、いろいろ変えてみた。

最初のうちはほかの人の様子が気になっていたが、いつのまにか集中して、まわりのことを忘れていた。

「えええ〜、百花のきれい。すごく整ってる」

となりから莉子の声がした。

「そう？」

見ると、莉子の紙は全体にさまざまな草花がランダムに散らされている。

「莉子のも素敵だよ。そういうのも自然でいいよね」

「うーん、でも、いま百花の見て気づいた。葉書なのに、わたしのは文字書くところが全然ない」

言われてみればその通りである。草花の上からは文字は書けないだろうし。

「文字は宛名側に書けばいいんじゃないですか」

稲川くんが落ち着いた声で言った。稲川くんのは、葉書の周囲に枠のように草花が配置されている。

「あ、そっか。絵葉書だと思えば……。でもやっぱり百花や稲川くんみたいなの方が文字も書けるし……。文字を書く場所を空ける、って発想がそもそもなかったよ〜」

莉子は納得できない様子だ。

「それはそれでいいんじゃない？　わたしは逆に莉子みたいにランダムに散らすなんて思いつかなかったし。稲川くんのも面白いよね。草花を模様のように規則正しく配置する、っていうのは思いつかなかったよ」

わたしは莉子と稲川くんの作品を見くらべながら言った。

「たしかに。こうして見ると、みんなけっこうちがうね。個性が出てる」

莉子があたりを見まわして言った。

天野さんのは全体に散らされているが、草花の種類が一枚ごとに限定されていて、数も控えめ。文字が隙間に書けるよう、計算されている。中条さんのは草花が右左どちらかに寄せられていたし、乾くんのは稲川くんのと同じように枠を作っていたが、一枚に一種類ずつになっている。

向かい側に座っているもうひとつの舟のグループのメンバーもそれぞれ特徴的だった。石井さんは器用に草花でゆるキャラのようなものを形作り、二宮さんは花びらで花の形を作っている。

鈴原さんは、葉書の真ん中に一種類の葉や花びらを規則正しくならべ、模様のようにしている。松下さんのはわたしのと似ていて、葉と花を上か下のどちらかに配置しているが、より自然の草花の姿に近い。

根本くんはシダだけを使い、下半分を鬱蒼《うっそう》としたシダ林のようにしていて、独特な世界観だがなかなかうつくしかった。

「みんな終わったみたいだね。じゃあ、薄い紙をかぶせていきますね」

おじさんたちは簀《す》桁《けた》を持ち、舟の水に入れて、さっきよりずっと短い時間で引きあげた。それをこちらに持ってきて、台につけられていた目印を手がかりに重ね合わせる。薄い紙がぴたっとかぶさり、魔法のようだった。

「この目印とずれちゃうとぴったり合わなくなっちゃうからね。動かさないように気をつけて、って言ったのはこのためだったんだ」

おじさんは簡単そうに言うが、漉いたばかりのやわらかい紙を目印にピッタリ合わせて載せるなんて。信じられないような離れ業だ。毎日やってたらできるようになるんだろうか、と思った。

7

紙漉《かみす》き体験が終わったのは、閉館時間間際だった。まだ乾いていないので、できあがった紙は完全に乾いてから郵送されてくるらしい。莉子が代表で住所を書いて、和紙製造所を出た。

もう閉まりかかっていたが、どんなものがあるか気になって、向かいにある特産品の売店のなかをのぞいた。紙小物がいくつもならび、みな思い思いに商品をながめている。わたしは奥にある紙の引き出し棚の前に行った。引き出しのなかには、さまざまな紙がはいっていた。うつくしい色に染められた紙、植物が漉きこまれた紙。ぼかし染めや板締め染色と書かれたものもあった。

これが板締め染色なのか。京都に行ったとき、藤崎さんが板締め染色の話をしていたのを思い出した。紙をじゃばらに折り、さらに四角や三角に折った状態にして、染料につけるのだ、と言っていた。

きれいだなあ。幾何学模様のような折れ目に沿って色が染みこみ、まわりににじんでいる。自然に生まれたにじみ方だから、同じものはひとつもない。

そういえば藤崎さんは、板締め染色なら記念館でもワークショップができるかも、と言っていた。うちに帰ってから、技法を調べてみよう。そのままは無理かもしれないけど、工夫すれば……。

「すみません、そろそろ閉店なんですが」

お店の人に言われ、はっとした。みんなはもう会計を済ませ、建物の外に出ようとしている。

「あ、すみません。ちょっとだけ……」

あわてて一枚だけ紙を選び、レジに向かった。


店を出ると、バスが出ていくのが見えた。

「うわ、あのバス」

莉子が走ってバスターミナルに行く。時刻表を見ると、まさにいま出ていったのが小川町駅行きのバスだった、とわかった。

「どうしよう、次のバス、四十五分後だ」

莉子がやられた、という表情になる。

「ごめーん、わたしが迷ってたせいで……」

思わず謝った。

「ここの閉館時間に合わせてるんですね。でも、出てくるのに時間かかる人もいるし、もう少し余裕を持たせてくれてもいいですよねえ」

乾くんがぼやいた。

「まあ、しょうがないね。けど、四十五分……」

和紙の里の施設は閉館していて、まわりにはほかに店もなにもない。

「あ、でも、なんかバス来ましたよ」

鈴原さんの声がした。見ると、たしかにバスがはいってきている。

「寄居駅行きかあ」

莉子が言った。

「寄居駅？」

二宮さんが首をかしげた。

「えーと、小川町と同じ東上《とうじょう》線も通ってるけど、小川町より先。池袋から遠い方だね。あとたしか、秩父本線と八高《はちこう》線も通ってる」

乾くんが言った。

「遠くても、同じ電車には乗れるんでしょ？　じゃあ、乗っちゃった方がいいんじゃないですか？」

石井さんが言った。

「いや、どうだろう。電車の時間によるかも。いま時刻表調べてみるから……」

乾くんがあわててスマホを操作する。

「もうバス出ちゃいそうだよ。そんなことやってる暇ない、って」

石井さんが急《せ》かした。

「もう、乗っちゃいましょう。ちょっと遠まわりになっても、止まってるよりは動いてる方がいいじゃないですか。結果的に遅くなったとしても、いま動いてることが大事ですよ」

根本くんがわけのわからない主張をした。

「いや、でもこのバスが寄居まで何分かかるかわからないし……」

「それは運転手さんに聞けばわかるよ。運転手さん、寄居までどれくらいかかるんですか？」

石井さんがバスのなかに話しかける。どうやら二十分くらいのようで、小川町に行くのと変わらない。

「もう乗りましょう」

根本くんが言った。

「そうだよ、行きとちがう駅に行った方がおもしろいかもしれないじゃない？」

石井さんも言う。根本くんとめずらしく意見が合っているみたいだ。

「そうだね、乗っちゃおう」

莉子もそう言って、バスに乗りこんだ。

バスが発車してからも乾くんはしばらくスマホで時刻表をながめていたが、もう乗ってしまったんだししょうがない、と言って、スマホをポケットにしまった。

バスは川沿いを走っていく。まわりに家はない。山ばかりである。

「なんか、観光気分ですねえ。うーん、この景色、素晴らしいじゃないですか」

根本くんは窓におでこをくっつけるようにして、外をながめている。

「やっぱこれに乗って正解だったじゃん」

石井さんが乾くんに言った。

「あ、あそこになんかありますよ。城？　なんとか城公園、って書いてある」

根本くんが言った。

「城？　こんなところに？」

乾くんがスマホの地図アプリを開いた。

「鉢形《はちがた》城、っていうみたいですよ。いま、歴史館、って建物が……」

「あ、ほんとだ。鉢形城って書いてある」

乾くんが言った。

「鉢形城……。ああ、そういうの、あったね。この近くに『花桃《はなもも》の里』っていうところがあってね、春に花桃っていう濃いピンクの花が咲くんだよ。前に家族で見にきたことがあって、そのときに通った。戦国時代の城跡だって。建物はなにもなかったと思うけど」

莉子が言った。

「へえ、長尾《ながお》景春《かげはる》が築城、北条氏邦《ほうじょううじくに》が整備拡張……。おもしろそうだなあ」

スマホを見ながら乾くんがつぶやいた。

バスは大きな橋に差しかかる。荒川《あらかわ》らしい。

「ああ、あの山か」

乾くんの声にふりかえると、川の向こうに小山が見えた。

「あの山に城があったんだな」

広い川に広い河原。その向こうにそびえる小山。あそこにあった城なら、見晴らしもよかっただろう。

川を渡るとあたりはだんだん町になってきて、やがて寄居駅に到着した。

階段をのぼって駅にはいる。東上線のホームに電車が止まっていたので、急いで乗りこんだ。

「やっぱこっちに来て正解だったよ、すぐ乗れたし」

石井さんはうれしそうに言ったが、電車はなかなか出ない。

「いや、これ、発車するの二十分後みたいですよ」

乾くんが言った。

「じゃあ、あのままバス待ってても、結局おんなじ電車だったかもね」

莉子が笑った。

「けど、全然ちがいますよ」

根本くんが首を振った。

「あのままあそこでしゃべりながらバスを待って、同じ道で同じ駅に帰ってたら、得るものはゼロじゃないですか。こっちに来たから山間《やまあい》の風景とか、城跡とかいろいろ知らないものを知ることができたわけで。時間が同じだったとしても、いや、こっちの方が遅かったとしても、あたらしいことをするのは意味がありますよ」

「まあ、そうかもしれないな。けっこういいこと言うじゃないか」

乾くんが笑った。

動き出すのを待つあいだ、みんなで今日の出来事を話したり、写真を見せ合ったりした。一年生もみんな和紙に興味を持ったみたいだ。

楽しかったな。座席の背にもたれ、天井を見あげる。紙漉《かみす》き体験のときのみんなの様子を思い出して、ちょっと笑いそうになる。

一年生のことも少しわかったし、来てよかった。

天野さんは、最後に売店で買った紙を三日月堂に持っていって、印刷できるか試してみたいらしい。手漉きの和紙を何種類も買っていた。

手漉きの紙に印刷……。うまくいくんだろうか。

でも。うまくいってもいかなくても、やってみることに意味があるのかもしれないな。さっき根本くんが言ってたみたいに。

なにもしなければ、失うものはない。でも、あたらしく得るものもない。まわり道でも、失敗しても、やってみることに意味がある。

和紙体験学習センターのことを思い出すうちに、あそこで出会った岡本さんの顔が頭に浮かんだ。

記念館に帰ったら、藤崎さんに岡本さんのことを話して、連絡してみよう。そこになにがあるかわからないけど、進まなければ見えないものがある。

──あたらしいことをするのは意味がありますよ。

さっきの根本くんの言葉を思い出しながら、そうだよなあ、と思った。

第二話　墨流しと民藝

1

小川町から帰ってすぐ、藤崎さんに和紙体験学習センターで出会った岡本さんのことを話した。以前記念館の教室に通っていたことや、薫子さんが小川町の出身だと知っていたこと。そして、料紙について熱く語っていたことも。

「料紙の教室……。ってことは、中林《なかばやし》さんの教室かな」

藤崎さんが首をかしげた。

「岡本さん、先生のお名前まではおっしゃってなかったと思います」

「そうか。でも、料紙の教室、て言ったんなら、中林さんでまちがいないと思う」

藤崎さんが言った。

「料紙ってかな書道に使う紙なんですよね？　岡本さんから『三十六人家集』……でしたっけ、むかしそういうすばらしい作品があったって……」

「ああ、『西本願寺本三十六人家集』だね。吉野さんにはまだ見せたことなかったか。三十六歌仙の和歌を集めた装飾写本で、国宝だよ」

「国宝！」

　そんな有名なものだったのか。そういえば、松下さんは知ってたし、お母さんが展示を見に行った、って言ってたっけ。記念館に勤めているのに知らないって……。ちょっと恥ずかしかった。

　藤崎さんは立ちあがり、本棚に手をのばした。館長室の本棚の館長の机に近い側には、古い大型の本が何冊もならんでいる。そこから一冊を取り出し、机に置いた。

「これは昭和三十八年に刊行された図録……というのかな。南青山《みなみあおやま》の根津《ねづ》美術館でひらかれた『三十六人家集展』を記念して作られた本なんだ。三十六人家集の料紙の再現につとめられた田中親美《たなかしんび》先生がまとめられた本で、記念館で教えていた中林さんというのは、その田中先生の弟子筋にあたる人なんだよ」

「料紙を再現……？」

「そもそも三十六人家集というのは、藤原公任《ふじわらのきんとう》の選による三十六歌仙の作を集めたもので、伝本もほかにいくつかあるが、もっとも完全な形に近いのがこの西本願寺本なんだ。平安末期の書写と言われていて、原本三十二家集三十四帖《じょう》と、後世の補写本四家集五帖の計三十九帖。だれの筆か不明なものも多いが、筆跡のうつくしさでも名高い。歌の名手の作を当時の筆の名人が書き、豪華絢爛《けんらん》な本に仕立てたんだね」

　藤崎さんによると、『西本願寺本三十六人家集』は、本願寺　証如上人《しょうにょしょうにん》による『天文《てんぶん》日記』の天文十八年のなかに、後奈良《ごなら》天皇から下賜されたもの、と記されているのだそうだ。明治二十九年（一八九六年）にその文書が西本願寺の庫裡《くり》で発見され、当時大きな話題を呼んだらしい。

「こうした写本というのは、すばらしい歌を読み、学ぶためのものであると同時に、うつくしい筆跡を味わうためのものだったんだよね」

当時は印刷なんかなかったわけで、過去の名作を人の手で書き写していくしかなかった。だから、書き手には筆の名手が選ばれたのだろう。

「でも、西本願寺の三十六人家集はそれに加えて、料紙自体が芸術の域に達しているんだよ」

藤崎さんはそう言って、本を開いた。

「うわあ、これ、どういう……」

なんと書いてあるかさっぱりわからない崩し字がならんでいるのだが、それが書かれている紙がすごかった。

真ん中には草や鳥の絵が描かれた薄い紅色の紙。左上には冬景色の描かれた青色の紙、左下には紅色とはまたちがう植物と鳥が描かれた辛子色の紙、右のページの下には緑色の草のような絵柄の紙……。

描かれたのか染められたのか版画なのかわからないが、それぞれ別々に色と柄がつけられた紙が貼り合わされているみたいなのだ。しかも切り口が真っ直ぐではなく、波打っている。

次のページの図版にも書が記されているが、紙の柄はまた全然ちがうものだ。マーブルのように水の流れのような模様の紙に、さらに植物や鳥の絵が描かれ、金や銀の箔《はく》が貼られている。

ページをめくればまた別の装飾が施された紙があらわれ、目がまわりそうだった。

「これ、どうやって……」

思わず声が出た。

「全部人の手で作っていたんだろうなあ。装丁法は粘葉綴《でっちょうとじ》。糸をまったく使わず、糊《のり》だけで綴じる方法で、二枚折りの紙を重ね、折り目の方の端を糊で貼り合わせて綴じる。使われている紙も、料紙の装飾も実に多様で、使われている技法の幅が広い」

藤崎さんは本のページをめくりながらそう言った。

「厚様《あつよう》紙、陸奥《みちのく》紙、紙屋《かみや》紙、から紙、焼絵《やきえ》紙。漉《す》き方も雲紙《くもがみ》、飛雲《とびくも》、羅文《らもん》とさまざまで、生紙《きがみ》のまま使われているものもあり、染められているものもあり。染め方も漉く前に染めているものもあれば漉いてから溶液につけたもの、刷毛《はけ》で塗ったもの、全紙染めもあればぼかし染めもあり、ぼかし方もさまざまで、さらにその紙の上に墨流しや雲母《うんも》や切《きり》箔《はく》、野毛《のげ》、砂子《すなご》を散らすなど……」

専門用語が連なって、なんだかわけがわからなくなる。雲紙、飛雲、羅文？　雲母はきらきらしたやつだよね？　墨流し？　野毛？　砂子ってなんだったっけ……？

「すみません、わからない言葉が多いんですが……」

「ああ、すまない。とにかく、ありとあらゆる紙の装飾がおこなわれている、ということ。その上に描き文、つまりこういう鳥や植物の絵柄を手で描いていたり、何枚かの紙を継ぎ合わせたりしていることもあって、紙の装飾法の博覧会みたいになっている」

博覧会か。技法すべてを理解することはあきらめ、本に目を戻す。

「継ぎ方もいろいろですよね、ここは切り口が真っ直ぐですけど、ここはなみになってますし。これは構図が斬新《ざんしん》で……」

両側の紙の破れ目の真ん中に、笹と小舟が描かれたものを指した。

「そもそも料紙というのは、調整した紙という意味なんだよ」

藤崎さんが言った。

「調整？」

「むかしの紙は溜《た》め漉きで、紙の表面に凹凸があったんだ。流し漉きが発達して平滑な紙ができるようになったのは江戸時代になってから。だからそのままでは文字をうまく書けない。文字を書くためには加工しなければならなかったんだ」

「加工……？」

「石や貝の殻などで紙の表面を研いだり、湿らせた紙を重ねて木槌《きづち》で打ったり。滲《にじ》みどめも必要だったし、虫の害から防ぐために染めることもあった」

むかしは記録を残すのも大変な手間を要することだったんだな、と思った。

「だが同時に装飾の技法としても進化していって、平安時代後期にはこうしたものが作られるところまで発展したんだ」

　なんだか気が遠くなる。

　あたりまえだけど、柄は全部手描きなんだろうし、金銀の砂子も手で散らしたものだろう。継ぎ目も一枚一枚手で貼り合わせていて……。

「相当な時間をかけて作ったものだと思うよ。各地の紙を集め、技法を試し、料紙を作るだけで数年かかったんじゃないか。なんとも贅沢《ぜいたく》なことだし、時間の流れ方がちがったのかなあ、とも思う」

「だれが作っていたんですか」

「それはわからないみたいだ。歌の作者はわかるし、だれの筆かは記録があったり筆跡から推測できたりもする。でも、料紙を作っていた人については記録がない。宮廷にそれ専門の職人がいたのかもしれないし、女官《にょかん》たちが携わっていたんじゃないか、という説もある。とにかく、何人もの人の手で数年がかりで作られたものだと思う」

　歌もすばらしい。書もすばらしい。だが、この紙はそれに負けない存在感がある。書を際立たせるだけなら、白い紙に書くのがいちばんだろう。紙の自己主張が過ぎれば、文字も言葉も見えにくくなる。

　だが、この作品たちはちがった。文字を見れば文字が、紙を見れば紙が浮きあがってくるような。そうやってひとつの世界を形作っているのだった。

　こんなものが平安時代にあったなんて……。

——紙はむかしから強い力を宿すものだった。

父の小説の一節を思い出す。

紙の力。

人々が紙にこめたもの。絢爛豪華に飾られた紙に歌を書く。幾人もの人の手を使い、何年もかけて、世界を、時間を、心を紙に封じこめようとする強い思い。なにを求めてここまでうつくしいものを作ったのだろう。

あらためて、その力の強さをおそろしいと感じた。

2

数日後、岡本さんからメールが来た。近いうちに作品を持って記念館にうかがいたい、という。藤崎さんにも連絡し、翌週の火曜の夕方、記念館を閉めたころに来てもらうことになった。

約束の日、岡本さんは一時間ほど早くやってきた。館内にはまだほかのお客さまもいるので、わたしは販売ブースの接客があり、藤崎さんも館長室で打ち合わせ中である。

「大丈夫ですよ。記念館に来るのは久しぶりなので、展示物をゆっくり見たくて、ちょっと早めに来たんです」

岡本さんはにこにこ笑って、和紙のはいった引き出しを興味深げにのぞいている。

やがて閉館時間になり、藤崎さんの打ち合わせの相手も帰っていった。

「お待たせして申し訳ありません。今日はわざわざありがとうございます」

藤崎さんは、お客さまをエレベーターまで送ったあと館内に戻ってきて、岡本さんにそう言った。

「いえいえ、久しぶりにここの展示物をゆっくり見ることができて、楽しかったです。和紙の棚、ここに通っていたころはまだよくわかってなかったんですが、いま見るとすごいコレクションだなあ、って。もうなくなってしまった製造元の紙もたくさんあるんですね」

「祖母があちらこちらをめぐって集めたものですから。いま集めないとなくなってしまう、という思いがあったようで……」

「そうなんですか」

岡本さんが深くうなずく。

「産地自体は紙漉きを続けていても、ひとりの職人さんしか作れない特殊な紙も多いですからね。その人がやめてしまったらもう終わり。継承する人はいない。問屋には在庫があるけど、あたらしく作ることはできない紙もたくさんあります」

「紙自体が残っていても、作り方はわからないものなんですか」

わたしは訊《き》いた。

「ある程度類推で想像できるところもあるみたいだけど、完全な再現はむずかしいよね。

製造方法の記録が残っていることもあるけど、その通りに作ってもなかなか同じものはできないみたいだよ」

藤崎さんが言った。

「展示もだいぶ変わりましたね。映像まで流れていて……」

岡本さんが館内を見まわす。

「岡本さんがここに通われていたのって、いつくらいなんですか？」

わたしは訊いた。

「そうですねえ、十年くらい前……。まだ前の館長さんでしたし、教室もいろいろ開かれていて、あちら側の壁には教室の受講生の作品が展示されてたり……」

岡本さんは入口近くの壁を指した。販売スペースのうしろ、いまわたしが紋切りや折り紙など、季節の装飾を掲示しているあたりだ。

「教室、やめてしまったんですね」

「そうですね、僕が館長になったころにはすでになくなっていました。受講生が減ってきたのもありますし、材料費がかかるので受講料と見合わなくなってしまったみたいで。でも、最近、吉野さんがワークショップを企画するようになって、けっこうにぎわっているんですよ」

「ワークショップ？」

「ええ、継続的な教室じゃなくて、一度だけ体験する形ですね。いまの人にはそれくらい気軽なものの方が馴染《なじ》みやすいのかもしれません」

「小川町の施設でもワークショップや体験は多いですよね。ひとつを極めるところまではいかないけど、技法を知ってもらうだけでも、伝わるものはありますよね」

岡本さんがうなずいた。

「立ち話ではなんですから、レクチャールームで……。ああ、以前教室として使っていた部屋です。いまはレクチャールームって名前になってます」

藤崎さんはそう言って、レクチャールームの扉を開けた。

「うわあ、なつかしい」

部屋にはいるなり、岡本さんが声をあげた。

「部屋自体はあんまり変わってないですね。あ、これがワークショップで作った作品ですか？」

岡本さんが壁を見ながら訊いてきた。水引や蠟引《ろうび》き、紋切り、折形、活版印刷の暑中見舞いなど、見本としていくつか参加者の作品を展示している。

「へえ。いろいろやってるんですね。楽しそう……」

「どうしても浅く広くにはなってしまうんですが……。少しでも知識を伝えたいので、体験だけじゃなくてレクチャーをつけるようにしているんです」

藤崎さんが説明した。

「いま、お茶を淹《い》れてきます」

わたしはそう言ってレクチャールームを出た。

館長室の奥の給湯室でお茶を淹れ、レクチャールームに戻る。岡本さんと藤崎さんは向かい合って座り、自己紹介していた。

「それで、岡本さんは料紙の研究をされている、とか……」

「はい、研究、というか、料紙を作っている、と言いますか……。ただ、そちらはあまり仕事にならないので、襖紙《ふすまがみ》や壁紙を作る工房に勤めてるんですが」

岡本さんが答えた。

「料紙はお仕事にならないのですか？」

わたしは訊いた。

「なにしろ、書道人口が減っているので……。実はわたしの母も数年前までは書道教室を営んでいたんです。むかしはわたしもそこで習ってました。でも、生徒が減ってきて、たたんでしまったんですよ」

岡本さんが言った。

「書道をしている人も、本物の料紙を使わなくなってしまいましたし」

「いまは印刷されたものがありますからね」

藤崎さんが言った。

「印刷されたもの？」

「うん。柄も継ぎ目も砂子も全部印刷されたもの。印刷技術が発達して、ちょっと見には遜色《そんしょく》のないものを作れるようになってしまったから……」

「そうなんです。手で柄を描いたり、砂子を散らしたり、紙を継いだり、ほんものの料紙は手がかかるものですから、どうしても価格が高くなる。そうすると、書道を習いはじめの人には手が出ないし、書道歴の長い人でもなかなかほんものを使いたがらないんです。わたしの作った料紙も使ってくれるのは母くらいで……」

少しわかる気がした。わたしなんて、自分の字で汚すのがこわくて、きれいなノートや紙にはいつまでもなにも書けない。どれも真っ白なまま。

手作りの料紙なんて……。畏《おそ》れ多くて使えるはずがない。

「まあ、印刷したものを料紙と言えるのかは疑問だけどね」

藤崎さんは不満そうな顔になる。

「ともかく、そういうわけで、お店も料紙をなかなか扱ってくれなくて。それじゃあ商売にならないから、内装のお店で働くことにしたんです」

「そちらはお仕事、たくさんあるんですか」

「前に和紙の装飾が大ブームになったときがあったんですよ。壁に和紙を貼った個室居酒屋とか、宿が流行《はや》って……。和の雰囲気を出しやすいからなんでしょうね」

「ああ、ありますね、そういうお店」

前に小冊子研究会で行った焼き鳥中心の居酒屋がまさにそんな感じだった。襖や障子のあるむかしながらの和室ではないのだが、和紙を壁紙や装飾として使っていた。

「料紙の装飾と同じ手法を使っているので知識を活《い》かすことができました。建材として使うのにはいろいろ規則があるので、材質は完全な和紙ではないですし、必ずしも伝統的な技法ばかりではないんですけど」

「岡本さんはうちの教室で中林先生の講義を取られていたんですよね」

藤崎さんが訊いた。

「ええ、そうなんです。小川町で紙漉《かみす》きを学んだあと、紙関係の施設で紙漉きを教えたりしてたんです。紙のことをもっと知りたくて、この記念館の講義もいろいろ受けたんですよ。そのなかに中林先生の教室もあった。講義のときに見せていただいた『西本願寺本三十六人家集』に衝撃を受けたんです」

「わたしが見たのと同じですか？」

わたしは藤崎さんに訊いた。

「中林先生が持っていたのは、木版の複製のものだと思う。画集のように綴《と》じられているんじゃなくて、一葉ずつに分かれている……」

「そうです。わたしがはいってすぐに中林先生はやめてしまったんですけど、以来、料紙のことが忘れられなくて、独学でいろいろ……」

「独学で？　そうだったんですか」

藤崎さんが目を丸くした。

「どこで習えるのかもわからなくて。料紙、としてすべてを教えてくれる人は見つからなかったので、染め紙とか、金銀箔《はく》とか雲母《うんも》とか、いくつかの工房で習いました。それで結局、いまは墨流しを中心に制作をしています」

「墨流し……」

わたしは首をかしげた。藤崎さんの話に名前が出てきた気がするが……。

「三十六人家集のなかにも使われてた技法だよ。墨がマーブル模様のようになっている……」

「そうですね、一説によると墨流しがマーブルの起源で、中国から伝わった、とか」

「ちょっと待ってて。いま本を持ってくるから」

藤崎さんはそう言って、レクチャールームを出て行った。

「館長さん、お若いのに、紙にくわしいんですね」

岡本さんが言った。

「そうなんです。子どものころ、前社長の家に預けられることが多かったそうで、夫人から和紙のことを教わったんだそうです」

「前社長夫人って、小川町出身の方ですよね。一度だけお目にかかったことがあります。教室に見えて、先生と和紙の話をされていて、くわしいなあ、と思った記憶が……。引き出しの和紙も全部前夫人が集められたものなんですね。パワフルな人ですねえ」

パワフル……。

いまはおだやかでゆったりしているけれど、全国の紙の産地をめぐってこれだけの紙を集めたのだ。若いころはきっと活動的だったんだろう。いままで気づかなかったけれど、あのきらきらした目はその証《あかし》だ。

「吉野さん、ほら、これ」

戻ってきた藤崎さんが、本を開いて、料紙の隅を指す。たしかにそこにマーブルのような模様があった。

「『古今和歌集』のなかにも在原滋春《ありわらのしげはる》の『春がすみなかし通路《かよいじ》なかりせば秋くる雁《がん》は帰らざらまし』という歌があるところから、墨流しは平安時代からおこなわれていたと言われているんですが」

岡本さんが言う。

「すみません、どういうことでしょうか？」

その和歌と墨流しがどうつながるのかわからず、そう訊いた。

「最初の部分、『春がすみなかし通路』ってあるだろう？『なかし』の『し』は強意の副助詞で『春霞《はるがすみ》のなかの通り道』っていう意味だよね。でも、実はこのなかに『すみながし』っていう言葉が隠れてる」

藤崎さんが言った。

「はるがすみなかし……。あ、ほんとだ」

『はるが』のあとが『すみなかし』となっている。

「歌の意味としては『春霞のなかに通り道がなければ、秋に来る雁が北へ帰ることはないだろう』ということなんだけど、春霞のなかを飛ぶ雁の姿と、墨が水に流れるイメージがかけあわされているんだよ」

「な、なるほど……」

　またしても紙オタクの謎の教養が出て、たじろいだ。

「そうですね、ここの部分みたいな、すうっとのびていく墨のイメージです」

　岡本さんが料紙の一部、墨の筋が長くのびた部分を指した。

「墨流しというのは、水の上に墨を落とし、その墨が水面で変化する形をとらえたものなんですが……」

「墨が、水面で変化……？」

　どういうこと？　意味がわからなくて、思わず訊《き》いた。

「墨って、水に落としたら溶けてしまうんじゃないですか？」

「溶ける……というか、混ざっていくよね。ブラウン運動だよ」

　藤崎さんが答える。

「あ、ああ、ブラウン運動……」

　むかし理科で習った。微粒子が液体や気体のなかで不規則に運動する現象……。

　タバコの煙とかもそうだった気がする。砂糖や塩のように溶けて水溶液になるのではなく、微粒子として液体や気体の中を浮遊しているんだったっけ。どうちがうのか、いまひとつよくわからないけれど。

「墨を水のなかに入れると、煙のようになって広がっていく。でも、水の表面に触れるようにしてのせると、水に沈まず表面に広がっていくんです。墨流しは、その広がった墨の模様を紙にうつしとるんですね」

岡本さんが言った。

水面に広がった模様を……紙にうつしとる……？

「どうやって……？」

ますますわからない。

「やってみた方が早いかもしれないなあ」

藤崎さんが言った。

「え？」

岡本さんが驚いた顔になる。

「まあ、簡単なものならここでもできるから……」

藤崎さんはぶつぶつつぶやきながらレクチャールームを出て行った。

ここでもできる？　なにをするんだろう？

気になって見ていると、館長室の隣の倉庫にはいっていく。過去の遺物がぎゅうぎゅう詰めに押しこまれている場所だ。しばらくするとプラスチックの四角いバットを持って出てきて、レクチャールームの机に置いた。

「あとは墨だな……」

つぶやきながら館長室にはいっていく。お客さまが来ているのに、これでいいのか？

「あの、吉野さん、水を使ってもいいですか？」

岡本さんがレクチャールームの隅にある水道を指す。

「水……ですか？　大丈夫ですけど……」

そう答えると、岡本さんはバットを持って水道に近づき、水を入れはじめた。

え？　なに？　ほんとにここで墨流しをやるってこと？

ややあって、藤崎さんは両手にいろいろなものを抱えてレクチャールームに戻ってきた。

「すみません、これだけあればできますよね」

藤崎さんが机の上に持ってきたものをならべる。墨汁に鳥の子紙。ボウルをふたつと、筆と楊枝《ようじ》と、なぜか台所用洗剤……。

「そうですね、これだけあれば……」

岡本さんがにこにこ笑ってうなずく。

「水は入れておきましたから」

「ああ、ありがとうございます。すみません、膠《にかわ》はないので」

「はい、洗剤で大丈夫です」

大丈夫、ってどういうこと？　洗剤はなにに使うんだ？　なにもかも全然わからない。

岡本さんは藤崎さんの持ってきた片方のボウルに墨汁と水を入れた。もうひとつのボウルにも水を入れ、最後にほんの少し台所用洗剤を入れる。

「界面活性剤は、古くは膠のような天然のものを使ってましたけど、簡易なものなら中性洗剤でも代用可能なんですよ」

岡本さんがわたしに説明する。界面活性剤ってなんだっけ？　聞いたことはある気がするけど、墨流しにどう関係するんだ？　あいかわらずなにもわからないままだ。

「でも、かなり薄めないと。ちょっと多すぎたかな」

岡本さんは筆を持ち、水のはいったバットの前に立つ。

「まずは筆に少し墨をつけて……。筆の先だけを水面に触れるようにして置きます。筆先を深く入れてしまうと、水のなかに墨が溶けこんでしまうので、ほんとに水面に触れるだけ……」

岡本さんの持つ筆の先が水に触れる。つけたとたん、ふわっと丸く墨が広がった。底には沈まない。波紋のように水面に広がっていく。

「広がった……」

「何度か同じことを繰り返して……」

岡本さんが水面のあちこちに墨を落としていく。水面に墨の模様が広がっている。

「そうしたら、ここに界面活性剤を落とします。そうすると、墨をはじいて、黒い部分と透明な部分ができます。こちらもさっきと同じように、これも筆先で触れるだけ……」

　別の筆に洗剤のはいった水をつけ、筆先を水面に置く。ぱあっと墨を弾《はじ》くように円が広がった。

「うわっ」

　その速さに驚き、声が出た。

「ごめんなさい、やっぱり濃すぎたかもですね」

　岡本さんはちょっと笑いながら、水面にいくつか洗剤液を落とした。じっくり見ようと机に手をついた途端、波紋がぐらぐらっと揺れた。

「あ、すみません！」

「大丈夫です。墨流しに失敗はありませんから」

　岡本さんが笑った。

「そのあと、この楊枝をすべらせます」

　岡本さんは水面を掻《か》くように楊枝の先を滑らせた。水面の模様がすうっとのび、形を変える。楊枝の動き方で変化の仕方もちがい、模様がだんだん複雑になっていく。

「まあ、これくらいでいいですね。そしたらうつしとってみましょう」

　岡本さんは鳥の子紙を両手に持ち、そっと水に落とした。

　え、これだけ？　これでうつしとれるの？

「気泡がはいっているといけないので、ちょっとおさえて……」

　岡本さんは紙の縁を水に沈ませ、真ん中をなでるようにおさえた。

「これで完成です」

さあっと紙を水からあげる。薄い墨の色の流れの模様が紙の上に浮かんでいた。

「わあ、きれいですねえ」

墨の波紋がところによって長く伸びたり、渦を巻いたり。その不思議な形に見惚《みと》れてしまった。

「ありがとうございます。よくわかりました」

「いえいえ、実際に見るのがいちばんわかりますよね」

岡本さんがにこにこ微笑む。

水面に浮かんだ墨の模様をうつしとる。原理としては簡単だ。だがそれがこんな複雑な形になるとは。水の流れのような墨の模様をまじまじと見る。

「それで、今日は作品をお持ちいただいたとか……」

藤崎さんの声で我にかえった。

「そうなんです」

岡本さんは鞄《かばん》から平たい箱を取り出し、机に置いた。蓋《ふた》を開けると、なかには紙が詰まっている。

「煙……？」

いちばん上の紙を見て、思わず声をあげた。

煙がそのまま紙に封じこめられているように見えた。細く、しずかな、煙の揺らぎ。

いまにも動き出しそうだ。いまここでした墨流しよりずっと繊細で、密度が濃い。自然現象をそのままうつしとったような世界が紙の上に広がっている。

「これは……」

藤崎さんもうなった。

「こんな墨流しは見たことがない」

「おもしろいでしょう？　これは風だけで作った模様なんです。振動をできるだけ避け、楊枝で引っ掻くようなこともしない。かすかな風だけで作った模様です」

岡本さんの目が鋭くなる。さっきまでのおだやかなにこにこ顔とはちがう、芸術家の顔だった。

箱から紙を取り出し、一枚ずつめくっていく。真っ黒に近いもの、砂子を散らしてあるもの、落水紙や変わった漉《す》き方の紙に墨流しを施したもの、一枚ずつまったくちがう表情を持っている。

「これは、すごい」

藤崎さんもすっかり飲みこまれているようだ。

「ありがとうございます」

岡本さんは表情を変えずに答えた。

「ここまで繊細な墨流しは見たことがない。人為的な形がまったくなくて、自然現象がそのまま封じこめられているみたいだ」

「そうですね、楊枝で引っ掻いたりしてできる形にはどうしても規則性が出てしまいますから。西洋のマーブリングだとその規則性を活《い》かして形を作っていきますが、それとは異なるものを目指したかったんです」

さまざまな色を使った西洋のマーブル模様もきれいだが、この岡本さんの作品はそれとはまったくちがうものだ。

不規則で、混沌《こんとん》として、言葉では表現できない形。水や空気の流れそのもの……。

「幽玄の世界ですね」

藤崎さんが息をつく。

「ありがとうございます。といっても、わたしが作ったものではなくて、水と墨と風が作ったものですけど。これは人間には作り出せない世界です」

岡本さんは緊張した面持ちのままだが、うれしそうだった。

「墨流しにこんな表現があるなんて……」

藤崎さんが腕組みする。

「そうですね。実は墨流しにも時代とともに技法の変遷がありまして……」

岡本さんが持ってきた鞄から書類を取り出す。表紙に『墨流しの変遷』と書かれた論文のようなものだった。

「平安時代の墨流しは、この『西本願寺本三十六人家集』のように細く伸びる線が特徴なんです。すうっと長く伸びるような線ですね。墨流しは、川の流れに墨を流し、そこに生じる水面の模様を愛《め》でる遊びから生まれた、という説もあります。ほんとうかどうかはわかりませんが」

水の上にできる墨の模様、そんな儚《はかな》いものを愛でるとは、なんと優雅な遊びだ。現代人とは微細なものを受け止める力も、時間の感覚もちがうのかもしれない。まあ、もちろん一部の裕福な貴族の遊びだったのだろうけど。

「一瞬の流れの形を紙に記録したい。写真のような感覚ですね」

藤崎さんが言った。

「考えたことがなかったですけど、そうかもしれないですね。瞬間ごとに変化していく形をなんとかそのまま保存したい、という……」

岡本さんがうなずく。

「鎌倉《かまくら》中期を過ぎると墨流しの料紙はいったん見られなくなってしまいます。次に見られるのは江戸期で、長く伸びる表現ではなく、小刻みな震えのような形が主流になる。風を送って水面を揺らして模様を作ったのではないか、と言われています」

「現代では越前《えちぜん》の墨流しが有名ですよね。同心円状に広がったものに風を送って複雑な縞《しま》を作る……」

藤崎さんが言った。

「そうですね。ですからわたしは、墨流しというのはまだまだあたらしい表現を生む力を持っているのではないか、と思って、いろいろ模索しているんです。なかなか使い道がないので、商売にはならないんですけど」

岡本さんはようやく笑顔になった。

「いや、でも、この作品はどれもすばらしいですよ。見たことのないものばかりだ。料紙、というより、これ自体が芸術品だと僕は思います」

「ありがとうございます。といっても、こうした紙を芸術と定義づけてくれるようなところはなくて……。作品として世に出せれば、とは思うんですけど」

岡本さんは机に広がった作品を見つめた。

「こういう作品がどうやって生み出されるのかすごく興味があります」

わたしがそう言うと、岡本さんは顔をあげて、ほんとですか、と言った。

「もしよかったら見学にいらっしゃいませんか?」

「いいんですか?」

「はい。ただちょっと遠いんです。わたし、川越の実家に住んでまして、そちらを自分の工房として使っているので……」

「川越……」

そういえば、はじめに小川町で会ったときもそんな話をしていた。

「川越は行ったことがありますし、大丈夫です。大学も九月の終わりごろまでは夏休みなんですが、土日は記念館を休めないので……」

「そうしたら、平日でもいいですよ。わたしは東京の工房に所属してますけど、週に何日かは自宅で作業してますから」

「自宅で？」

「ええ。一般的な作業は会社の工房でもできるんですが、自宅の設備を使わないとできないことも多いんです。そういうときは、お客さまと直接相談して、自宅で作業します。紙から漉かないといけないときは、和紙体験学習センターの設備を借りますし」

岡本さんは言った。

「いまは家でしかできないちょっと大きな仕事を引き受けているので、今月中は家で作業する日の方が多くなると思いますから」

「そういうことなら、僕も作業を見たいし、休館日の月曜はどうでしょうか」

藤崎さんが訊《き》く。

「はい、大丈夫です」

岡本さんがうなずき、翌々週の月曜に川越の工房を訪ねることになった。

3

翌日は、十月のワークショップのためのモリノインクの関谷《せきや》さんとの打ち合わせだった。夕方、記念館が閉館してからやってきた関谷さんをレクチャールームに通した。

ワークショップは今年の六月から定期開催になった。記念館のはいっているビルが処分されることになり、記念館も三月で閉館と決まっている。記念館や和紙部門がその後どうなるかはまだ決まっていない。

和紙部門を続けていくためには、実績が必要だ。それで記念館のサイトを作り、定期ワークショップを開催することになったのだ。お客さんがついてくれれば、ワークショップだけ本社の会議室で続けることもできるだろう、という目論《もくろ》みである。

六月は折形、七月は活版印刷の暑中見舞い作り、八月は夏休みの子どもの参加をみこんで文字箱と共同で紋切り。九月は藤崎さんの伝手《つて》で和綴《わと》じのノート作り。

そして十月は、モリノインクさんとのコラボでインクを使ったワークショップを、という計画だった。最初は手紙の書き方教室のようなものを考えていたのだが、関谷さんは自分は悪筆だし、とても手紙の書き方なんて教えられない、と弱音を吐いた。

藤崎さんも達筆だし、小冊子研究会の松下さんも字が上手《うま》いから手伝ってもらうことも考えたが、関谷さんに、いまどき手紙の書き方教室で人を呼べるかな、と言われて、自信がなくなった。

「たしかにいま書写ブームではあるんですけどね」

関谷さんが言った。いまはインクもほんとうにさまざまな色が出ていて、そのインクを記録するためのインク帳や、ガラスペンを使ってさまざまなインクで文学作品の文章を書き写す「書写」が一部でブームになっているらしい。

「でも、書写はみんな自己流でやってますし……」

インク沼系では、SNSに自分の書写作品をアップすることが流行《はや》っているようで、探せばいくつも出てくる。ガラスペンやインク初心者の人たちも、そうした書写を真似て自分なりに練習している。発表する場はほしいかもしれないが、習うというのはちょっとちがうのではないか、と関谷さんが言った。

「それに、ただペンで文字を書くだけなら文具店のフェアでもできますからね。記念館のワークショップですし、なんかもっとこう、和紙を使った、ほかでは考えつかないようななにかがいいんじゃないですかねえ」

関谷さんが腕組みする。

「ほかでは考えつかないようななにかって、たとえばどんな……」

「そこは吉野さんのフレッシュな感性におまかせしますよ。わたしはそういうセンスゼロですから……」

関谷さんはにこにこ笑って言うが、これでは丸投げではないか。

「うーん、そう言われても……」

そんなに簡単には思いつかない。

「じゃあ、あれはどうかな？」

横から藤崎さんが言った。

「京都の染め工房に行った帰り、京都駅の喫茶店に寄ったときに、関谷さん、インクのクロマトグラフィーを見せてくれたでしょう？　吉野さん、これを使ってなにかできないか、って言ってたよね？」

「あ、ああ、そうでしたね。クロマトグラフィー……」

思い出した。喫茶店で紙コップと細い紙と手持ちのインクを使って、ちょっとした実験を見せてくれたのだ。細い紙の下の方にインクをつけ、紙を上から吊《つ》るして、下の端を水につける。

インクは何種類かの染料を混ぜて作られているので、紙が水を吸ってインクが上に伸びていくとき、もとの染料の色に分離するのだ。

「あれ、きれいでしたよね」

「なるほど。たしかに色の分離のことは知らない人が多いだろうし、知識としては知っていても、どのインクがどんなふうに分離するかまでは知らないかもしれませんね。けど、実験だけじゃ、お勉強みたいで堅苦しくないですか？」

関谷さんが首をひねる。

「でも、あの紙、純粋にきれいでしたし。わたし、あのときの紙、まだ持ってます。栞《しおり》として使ってるんです」

「なるほど、栞ねえ。そしたら、和紙とインクを使った栞作り、とかですか？　でもわざわざワークショップで教えるほどのことでも……」

関谷さんは納得していない雰囲気だ。

インクを使って、和紙に色をつける。それ自体は悪くないと思うけど、たしかに栞作りでは安直すぎる気がする。

和紙に色をつける……和紙を、染める……？

そのとき、東秩父村和紙の里で見た、染め紙のことを思い出した。

「あの、モリノインクさんのカラーインクは染料だっていうお話をしてましたよね？」

わたしは訊いた。

「ええ、そうですね」

関谷さんがうなずく。

「インクも染料でできているなら、紙を染めることもできるんでしょうか？」

「ええ、それはまあ……。原理としては同じことだと思います。イラスト用のカラーインクもありますし、うちのインクを使って筆で絵を描く人もいますから……」

関谷さんは不思議そうな顔で答えた。

「そしたら、インクを使った染め紙も作れるでしょうか。わたし、東秩父村和紙の里で、あのとき藤崎さんが話していた板締め染色の紙を見かけたんです。それで家に帰ってからやり方を調べました。藤崎さんが板締め染色なら記念館のワークショップでもできるかも、って言っていたので……」

「ああ、そうだね。板締め染色ならそこまで場所も取らないから」

藤崎さんがうなずく。

「ネットで見つけた解説では、紙を細くじゃばらに折って、それをさらに四角や三角に折って、折り目に染料をつければいい、って。これならうちでもできるから試してみようかと思ったんですけど、染料が必要って書いてあったので、そのときはあきらめちゃったんです」

小さな染料のキットはネットでも買えるみたいだったが、それでいいのかよくわからず、あとで藤崎さんに訊いてみようと思って忘れてしまっていた。

「でも、もし万年筆のインクが染料の代わりになるなら、インクを使って板締め染色ができるかも、と思って。いろいろな色がありますし」

「なるほど。原理的にはできそうだね」

藤崎さんが腕組みして考える。

「すみません、その前に、わたしはまずその板締め染色というのがいまひとつわかっていなくて……」

関谷さんが言った。

「ああ、そうですよね。記念館の棚にはあまり染め紙は入れてなかったから……。でも、館長室に何枚かあったと思います」

藤崎さんは部屋を出て、館長室に行き、すぐに戻ってきた。手には何枚か染め紙を持っている。

さすが紙オタク。なんでも持ってるんだな……。

「へえ、これが板締め染色……。きれいなもんですね」

机に広げられた紙を見て、関谷さんが言った。

「なるほどねえ。じゃばらに折ってさらに三角や四角に折って、そこに染料をつける。そうすると折り目に沿って染料が染みこんで、こういう模様になるわけですね」

関谷さんが言った。折り目の部分は濃く、それ以外の部分は淡く染まっている。

「そうですね。最初に紙全体を濡《ぬ》らしておくのと濡らさずに染料をつけるのとだと、仕上がりがちがいますし」

藤崎さんが説明する。

「なるほどなるほど。たしかにこれならインクでもできそうですねえ。まあ、色は分離するかもですけど、それも表現のうちだと考えればいいんじゃないですか？　むかしながらの板締め染色とはちがうかもしれませんけど、カラーインクを使った応用版だと思えば」

関谷さんが言った。

「インク、原液のままだと濃いですよね？」

「そうですね。薄めた方がいいかもですね。水で薄めたものは保存には向きませんが、そのとき使う分だけなら問題ありませんし」

「そしたら、ちょっと試してみますか？」

藤崎さんが言った。

「え、できるんですか？」

関谷さんが目を丸くした。

「できますよ。簡易なものなら。紙と板と染料、あとは綿棒か筆があればできることですから。吉野さんもまだ試してないんだよね？」

「あ、はい……」

押されるようにうなずいた。

「じゃあ、ちょうどいい。ちょっと待っててくださいね」

藤崎さんはそう言って、レクチャールームを出て行った。

「館長さん、前より積極的になりましたよねえ」

関谷さんが小声で言った。たしかにその通りだ。この前の墨流しのときもそうだったが、こういうときにすぐ身体が動く、というか。

「吉野さんのおかげもあるんじゃないですか？」

「え、わたしですか？」

「吉野さんのガッツというか……。若者の意欲にぐいっと押されて、みたいなことはあると思うんですよねえ」

関谷さんがそう言ったとき、藤崎さんが戻ってきた。

「使うのはこれだけ。染め紙用の和紙、ほんとは木の板を使うんだけど、今日はなかったからこのボール紙。インクは僕のところにはブルーブラックしかなかったので、とりあえずこれで、あとはインクを出す用の小皿と、綿棒と筆」

藤崎さんが持ってきたものを順番に机に置く。ボール紙は厚さが二ミリほどある特別分厚いものだった。

「わたし、いくつかカラーインクを持ってます。それも持ってきますね」

販売ブースのディスプレイで使うために、いくつかカラーインクを取りそろえておいたのだ。急いで館長室に戻り、自分の机の引き出しを開けた。

薄い青に、茜色《あかねいろ》、オレンジ、グリーン、濃い黄色。小瓶で買ったインクを取り出し、レクチャールームに戻る。

「そしたら、まずこの和紙をじゃばらに折って……。ずれるとあと上手《うま》くいかないので、ここはきっちりそろえて折ってくださいね」

藤崎さんの説明にしたがって、和紙を二センチ幅くらいでじゃばら折りにしていく。単純な作業だが、きれいに折るのはけっこう骨が折れる。

「次は、この細い帯状になった和紙を三角に折っていきます。こんな感じで、二等辺三角形を作る感じで……」

藤崎さんが器用に紙を折っていく。わたしたちも真似て紙を折った。じゃばらにした時点で厚みが出ているので、ずれないように折るのはなかなかむずかしい。

「これは三角形と決まっているわけじゃなくて、四角に折ってもかまいません。どんな形でも大丈夫です。最初のじゃばらをもっと大きめにとってもいいですし」

藤崎さんの言葉を聞きながら、くりかえし折っていく。

「最後までできたら、全体を水につけます。つけないやり方もありますが、まずはこちらの方がやりやすいので」

藤崎さんが水道のところまで行き、蛇口をひねった。そこに折り畳んだ和紙をつける。全体に水が染みるまでつけて、押すようにして絞った。わたしたちも自分の紙を濡らし、絞る。

「そうしたら、ここにインクをつけていきます。まずは原液で試してみましょうか」

藤崎さんはブルーブラックのインクを少しだけ小皿に出した。そこから綿棒でインクを取り、和紙の折れ目に置く。インクが和紙に染みて、ふわっと広がっていく。

「どこにつけるかで模様の出方が変わりますから……。まあ、最初は適当につけてみてください」

自分の持ってきたインクを小皿に少しずつ出す。何色にしようかな。藤崎さんがブルーブラックだったから、わたしはちょっと淡い色を使ってみたい。

「一色だけじゃなくて、二色、三色と組み合わせてもいいですよ。別の場所に置くと、また模様の雰囲気が変わります」

藤崎さんにそう言われて、茜色と薄い青を使ってみることにした。藤崎さんと同じように、三角形のふたつの鋭角に茜色と薄い青を置く。折れ目に沿って、じわっとインクが広がった。

関谷さんはオレンジと黄色を使っている。

「そしたら、板を使って絞ります」

藤崎さんが小さく切ったボール紙を二枚取り出し、和紙をあいだに挟む。流し台で板を両側から押して、ぎゅっと絞った。色のついた水がぼたぼた垂れる。

「なるほど、こうやって絞るから板締めなんですね」

関谷さんが言った。

「そうですね。この絞り加減や、どれくらいおいてから絞るかでも模様の出方が変わります。まずはやってみてください」

わたしたちも水道に並び、それぞれボール紙にはさんだ和紙を絞った。ボール紙の間から色のついた水が流しに落ちる。ぎゅうっと絞って、ボール紙を外した。

「そうしたら、そうっと紙を広げて……」

藤崎さんが紙を広げると、濃い青のきれいな模様になっている。

「なかなかきれいですねえ。どれどれ、わたしのはどんな感じかな」

関谷さんも板を外し、紙を広げた。

オレンジと黄色のあたたかみのある色合いで、これはこれでまたきれいだった。藤崎さんのインクは折れ目に沿って長く伸びていたが、関谷さんのオレンジは折れ目にわりと近いところにとどまって、丸い形になっている。

わたしの茜色と薄い青も同じで、折れ目の集まっているところの周辺に花のような模様を作っていた。

「インクのつけ方なんでしょうか。つける場所は藤崎さんといっしょにしたつもりなんですけど」

わたしは訊《き》いた。

「インクの特性なのかもしれませんね。粘度とかインクの粒子の重さとか。クロマトグラフィーのときも、上の方まで伸びる色と下の方で止まってしまう色があったでしょう？　たぶんあれと同じ原理です。インクによって伸び方が変わる。なかなか興味深いですね」

関谷さんはふむふむとうなずきながら、三枚の紙を見くらべていた。

「天然染料を使った草木染めもできますし、染め紙も奥が深いものですが……。手軽に楽しむという点では、この形もありじゃないかと思います」

藤崎さんもそう言って、ワークショップの内容は「カラーインクで紙染め体験」と決まった。関谷さんはあらかじめいろいろ試して特性を確かめ、使用するインクを決める、と言って帰っていった。

「そうだ、吉野さん」

帰り支度をしていると、藤崎さんが言った。

「ちょっとお願いしたいことがあるんだけど、いいかな？」

「なんでしょう？」

「実はさっき、『書肆《しょし》モルン』の小久保《こくぼ》さんからメールが来てね。物語ペーパーのことで、吉野さんにインタビューしたいみたいなんだ」

「インタビューですか？」

書肆モルンは蔵前《くらまえ》にある古書店で、「物語ペーパー」をおいてくれている店だ。

物語ペーパーはもともと藤崎さんの大学時代の先輩である綿貫さんが日本橋で営む「文字箱」という書店と、記念館のコラボ企画だった。

わたしの父で、わたしが小学一年生のときに亡くなった小説家・吉野雪彦《ゆきひこ》の小説『東京散歩』の一節を和紙に活版で刷り、蠟引《ろうび》きしたものである。

『東京散歩』は二十三話からなる短編連作で、東京の二十三の区それぞれにまつわる物語が集められている。

藤崎さんも綿貫さんも父の小説のファンだった縁で、文字箱と記念館のコラボグッズを作る際に『東京散歩』のなかの、日本橋髙島屋が登場する中央《ちゅうおう》区の章から一部を抜粋し、物語ペーパーを作った。

それが綿貫さんの古書店仲間のあいだに広がって、ほかの区の物語ペーパーも作るようになった。

「モルンの母体が小さな出版社だっていうのは知ってるよね？」

「はい。小久保さんもともとはそちらの社員だったとか」

道草《みちくさ》書房といって、小久保さんが入社したときは社員三人の小さな会社で、それから少しずつ大きくなり、会社の下に小さな書店、モルンを出した。わたしも行ったことがあるが、自社の本のほか、リトルプレスなどもならぶ、個性的な店である。

小久保さんは道草書房で営業の仕事をしていたが、モルンを作ったとき、道草書房の営業部長兼モルン店長という形で、店の経営をまかされたという話だった。

文字箱の物語ペーパーで父の小説にはじめて触れて、文字箱にあった古書でいろいろ読んでくれたらしい。道草書房の社長が父のファンだったこともあり、モルンでも台東《たいとう》区の物語ペーパーを作ることになったのだ。

「道草書房では、去年から『本と暮らし』という雑誌を季刊で出しているらしいんだ。生活に関する話題と本の情報を織り交ぜた内容で、その雑誌で、物語ペーパーのことを取りあげたい、と」

「モルンに置いている台東区の物語ペーパーのことですか？」

「いや、物語ペーパーという企画全体を取りあげたいんだそうだ。台東区の物語ペーパーのことも、話の端緒として入れるけれど、あくまでも主眼は吉野雪彦という作家、それから『東京散歩』を物語ペーパーという形で現代によみがえらせたというストーリー、なんだそうだよ」

物語ペーパーという形で現代によみがえらせた……。そこまで大きなことは考えていなかったので、ちょっと面食らった。

「どうやら『本と暮らし』でライターをしている浜本《はまもと》さんという人が、吉野さんの話を聞きたいみたいなんだ。吉野雪彦の娘であり、物語ペーパーの企画者としてね」

「えええっ」

吉野雪彦の娘の方はたしかにその通りなんだけど、企画者って……。

「でも、わたしは単なるバイトですし……」

「吉野さんがまだ大学生だっていうことはちゃんと伝えてあるよ。でも、吉野雪彦の娘であることも、企画の発案者であることも事実だろう？」

藤崎さんが少し笑った。

藤崎さん、このごろはよく笑うようになったな。ほかの人にくらべたらまだまだ無愛想だけど、わたしがここに来たころは、にこりともしなかったのに……。モルンの話とは関係ないことが頭をよぎる。

「インタビュー、いいよね？　小さな媒体だけど、これまでとはまた別のところに物語ペーパーの話が届くかもしれないし」

物語ペーパーがこれまでとは別のところに届く。それは、父の小説が別のだれかのところに届く、ということでもある。

「わかりました。うまく話せるかわからないですけど……」

わたしはうなずいた。

「大丈夫だよ。そのライターの浜本さんっていう人も、吉野雪彦のファンらしいから」

藤崎さんがまた微笑んだ。その笑顔になぜかすごくほっとした。

父の小説を知っている人にまた会える。インタビューというのは緊張するけれど、そのことがとてもうれしかった。

4

ライターの浜本さんがやってきたのは、次の週の火曜のことだった。四時ごろにやってきて館内を見学し、閉館時間になってからレクチャールームに移動した。

浜本さんは四十代半ばくらいだろうか。長めの髪は白髪まじりで、麻の薄いジャケットを着ている。道草書房の社長とはむかしからの友人らしい。

出版社で働いていたこともあったが、三十代で独立して、以来ずっとライターの仕事で生計を立てている、と言った。

「吉野先生のお嬢さんに会えるとはねえ。ライターの仕事を続けてきてよかったよ」

浜本さんは豪快に笑って椅子に座る。声の大きさに少し気後れしたが、よろしくお願いします、とお辞儀をして、わたしも腰をおろした。

「いえね、吉野先生って、僕にとっては神様みたいな存在で。本は全部読んでます。高校の恩師に教えられて読みはじめて、東京に出よう、出版関係の仕事をしよう、って決めたのも、吉野先生の本を読んだからなんですよ」

浜本さんは思い出すように目を細めた。

「ご出身はどちらなんですか？」

「静岡です。富士山の見える町で。家が商売をやってたんで、自分はそれを継いで、一生ここで生きてくのかなあ、ってぼんやり思っていたんですけどね」

「商売……」

「酒屋ですよ。町のなかでは大きな方で。経営もまあまあ安定してた。そこにいたら安泰だったんでしょうけど、それだけの人生で終わるのが嫌になって……。それでそこから猛勉強して東京の大学を受けた。親とは大喧嘩《おおげんか》しましたけどね、なんとか合格して東京に出てきたんです」

浜本さんは張りのある声で言った。

「お店の方はどうなったんですか？」

「妹が継ぎましたよ。店の従業員と結婚して、いまはふたりで店をやってます。子どももふたりできて、僕とちがって、まっとうにやってますよ」

「そうでしたか」

「で、大学時代はけっこう遊んでしまったんですが、どうにかこうにか出版社にはいることができた。でも、編集にはいりたかったのに、広告部にまわされて。女性誌の広告を扱うことになったんですよね。大きなお金がからんでるから失敗はできないし、やりたいこととはちがうし、毎日会社に行くのが辛《つら》くて……」

浜本さんが出版社にはいったころは、いまとちがってまだ雑誌が売れていたんだろう。ネットが普及して、雑誌はどんどん売れなくなった、とメディア論の授業で聞いた覚えがあった。

「で、もう会社辞めようか、って思ってたときに、たまたま書店で吉野先生のサイン会があるのを知って、出かけてみることにしたんですよ」

父のサイン会……。そういえば、薫子さんもサイン会に行った、って言ってたっけ。

「吉野先生はあまり人前に出ない人だったから、サイン会もめずらしくてね。編集者でもないし、仕事も頼めないから名刺渡してもしょうがないし、ってちょっとふてくされていたんだけど、こんな機会は滅多にないし、やっぱり行こう、って決心して」

浜本さんは、ははは、と笑った。

「サイン会の前にミニトークがあって、吉野先生が話すのを聞いてたら、高校生のころの、東京に出よう、吉野先生と仕事ができるようになろう、って純粋な気持ちがよみがえってきて……。で、サインの列にならんで、いざ吉野先生の前に出る、っていう段になったら、緊張して手がふるえて……」

浜本さんは身振りをつけて話す。

「吉野先生の顔を見たら、なんだかもうそれだけで泣きそうになって。ちゃんとあいさつしようと思ったんだけど、なにも言えずに本だけ差し出した。そしたら吉野先生が『名前は？』って訊いてくれて……」

名前は？　父の声が耳のなかによみがえるような気がした。

「それで、急いで名刺を出して、この名前でお願いします、って言ったら、さらさらっと僕の名前を書いてくれた。うれしかったよねえ。それで、ちょっと勢いづいて『吉野先生は民藝の活動を意識されてますか』って訊《き》いたんですよ」

「『民藝』ですか？」

「ええ。柳宗悦の民藝運動です」

浜本さんがうなずく。

民藝運動。和紙体験学習センターの展示にも、民藝運動の話が出ていたのを思い出した。

大正末期の文化運動で、日常の生活道具を見直し、それを「民藝（民衆的工芸）」と名づけ、高価な工芸品に劣らない美が宿っていると提唱した。大学の授業ではたしかそう教わった。

彼らは各地の民藝を訪ね、記録し、発表するという活動を続けていたらしい。和紙体験学習センターにも、小川町に柳宗悦たちがやってきて和紙作りの風景を見学した、という説明が書かれていた。

「父が民藝運動を意識していたかは……。これまで聞いたことがありませんでした。母はむかし、父の担当編集をしていたこともあるのですが、母もそういうことは言っていなかった気が……」

「そうですか。実は、それは僕が高校時代から考えていたことだったんです。いや、僕じゃなくて、正確には、僕の先生の考えですね。僕の実家は静岡市で、登呂《とろ》遺跡の近くなんです。僕が子どものころに芹沢銈介美術館という施設ができまして」

「芹沢銈介！　染色家ですよね」

　和紙体験学習センターで聞いたばかりの名前だったので、ちょっとびっくりした。

「芹沢銈介は静岡出身なんですよ。僕は高校生のころ何度かその美術館に行ったことがあって。僕に吉野先生の本を薦めてくれたのは社会科の先生で、民藝運動にくわしかった。吉野先生の本についても、人々の心情描写だけじゃなくて、生活文化に対する視線があるところがいいんだ、と言っていて……」

「生活文化に対する視線……」

　そういえばたしかに、父の小説には紙や布、鉄器や漆器といった生活用具の描写や、それを作る人々の話がよく出てくる。『東京散歩』にも何話か町の職人が登場する話があった。

「そうですね、もの作りの話ばかりというわけではないですけど、神保町《じんぼうちょう》の古書店街や浅草《あさくさ》の歓楽街、商店街の風景の描写も多いですし、庶民の暮らしや仕事に興味を持っていたのはその通りかも、と思います」

「そうですか」

　浜本さんは息をつき、大きくうなずいた。

「そういえば、父はもともと、作家じゃなくて文具を作りたかったみたいで……」

母の話を思い出して言った。

「文具？」

浜本さんが身を乗り出す。

「文具っていうか、ノートとか手帳とか……。わたしも子どものころ、よく父とノートを作りました。それがもとになって、記念館の『紙の絵本』っていう商品ができたんですが……」

「ああ、『紙の絵本』ですね。小久保くんから見せてもらいましたよ。素敵ですよね。紙の質感が楽しめる。紙の、ものとしての存在感を確かめることができる。いいなあ、と思いましたよ」

浜本さんが言った。

「それで、サイン会のとき、父はなんと答えたんですか、民藝運動に関する浜本さんの質問に」

わたしは訊いた。

「ええ。ちょっと考えてから、にっこり微笑んで、おもしろい着眼点だね、って。自分は民藝運動についてくわしく学んだこともないし、影響を受けたと思ったことはなかったけど、かつての民藝運動にはたしかに惹《ひ》かれるところがある、って」

「かつての……？」

「柳宗悦たちが日本全国をめぐっていたころのことだって言ってました。民藝の美意識というより、人の手で作られたものが好きなのかもしれない、とも……」

人の手で作られたもの……。

父は飯田の家の組子障子も気に入っていたという話だったし、作品のなかで紙の力についても語っていた。職人の仕事に関心を持っていた痕跡《こんせき》もある。

「サインが終わった本と僕の名刺を差し出して、『もしなにか機会があったら、いっしょに仕事をしましょう』って言ってくれたんです。名刺が出版社のものだったからですよね。広告部だからできないって言いそうになったけど、それは名刺を見た先生にも伝わっているはず。だからこそ『なにか機会があったら』っておっしゃったんだな、と思って、『そのときはぜひよろしくお願いします』とだけ答えました」

浜本さんは大きく息をついた。

「それからですね、ぼんやり待ってる場合じゃない、機会は自分で作らなくちゃいけないんだ、って思って、飲みに行くたびに上司に、絶対に編集部に行きたい、って何度も何度も伝えたんですよ。うるさいと思われてたと思いますが、ようやく一年後に編集部に異動になった。でも、ちょうどそのころ、吉野先生が事故にあわれて……」

浜本さんが目を伏せる。

「すみません、インタビューに来たのに、自分のことを長々としゃべってしまいました。とにかく、僕としては自分が吉野先生のファンだったことと、物語ペーパーを見て吉野先生の作品にもう一度光を当てたいと感じた、その理由をしっかりお伝えしたかったんです。そのときのサイン本、いまも持ってるんです」

浜本さんが鞄《かばん》に手を入れ、布のカバーのついた本を取り出す。カバーを外すと、古びた本が出てきた。ページの端がよれよれになっていて、何度も読んだことがわかる。そして、表紙を開くと、サインが出てきた。

父の文字だ。

万年筆で書かれた、浜本さんの名前と、父のサイン。日付もはいっている。

このとき、父はまだこの世にいた。生きて、この本にサインした。そう思うと、なんだか胸がいっぱいになる。

「いつかお礼を言いたかった。あのとき吉野先生と話さなかったら、僕は田舎に帰っていたかもしれない。あの言葉のおかげでがんばれたんだと思います。結局そのあと会社は辞めちゃって、ライター稼業になりましたが、なんとか食いつないでます。文章に詰まると、よく吉野先生の本を読むんですよ。それでずいぶんよれてしまった」

「大事にしてくださって、ありがとうございます」

それだけ言って、頭を下げた。

「じゃあ、ここから仕切り直してインタビューにしましょうか」

浜本さんは笑って、鞄からレコーダーとメモを取り出した。

それからは、記念館に勤めるようになった経緯から、物語ペーパーがどのように生まれ、どのように広まっていったか、娘としてどのような思いを持っているか、などなど、訊かれるままに少しずつ話した。

藤崎さんや薫子さん、文字箱の綿貫さん、古書店の人たちが父の本を愛読してくれていたこと、そうして少しずつ物語ペーパーの種類が増えていったこと。

物語ペーパーは紙一枚だから、入れられる文字数がかぎられている。一章まるまる入れることはできないから、父の担当編集だった母とふたりで印刷する箇所を選んでいることも話した。

「僕としては、吉野先生のお嬢さんがこの記念館で和紙に関する仕事をしている、ということ自体がすごいことだなあって、感無量でしたよ」

話が終わったあと、浜本さんが言った。

「でも、物語ペーパーについては、ちょっともったいないですよねえ」

「もったいない？」

「ええ。物語ペーパーは和紙を見せることが目的ですし、こうした形だから手に取って読んでくれる人がいる、というのもわかるんですが、小説ですから、やっぱりまるまる読みたいじゃないですか」

「物語ペーパーで読んで興味を持って、文字箱やほかの書店で本を買って読んでくれる人もいるみたいですが」

「ええ、モルンにも『東京散歩』の古本は入れてますよ。でも古書ですから、品切れになってしまうことも多い」

「そうですよねえ」

文字箱でも父の本は多めにストックしてくれているという話だったが、品切れになってなかなか手に入らないときもある、と聞いた。

抜粋だからこそ印象に残る、ふだん本を読まない人にも届く、という利点はあるけれど、通して読んでもらうことができるなら、その方が良いに決まっていた。

「物語ペーパーはけっこう売れているみたいですし。僕は、道草書房で『東京散歩』を復刊できたら、って思ってるんですよ」

浜本さんが言った。

「復刊……？　そんなこと、できるんですか？　母は、いまは出版不況でなかなかむずかしいって……」

母は大手の出版社で編集の仕事をしている。文庫で復刊できないか、と思ったこともあったみたいだが、出版不況でなかなかむずかしそう、と言っていた。

「まあ、大手はそうだと思いますけど、道草書房なら小回りがきくといいますか。発行部数は多くないけど、社風に合ったものなら挑戦してくれるんじゃないか、って」

浜本さんが言った。

「道草書房は出版物も暮らしと本をテーマにしてますし、『東京散歩』はぴったりだと思うんですよ。ただの本じゃなくて、物語ペーパーの良さを活《い》かして、活版印刷の本にしてみるとか」

「活版印刷はだいぶコストがかかるって聞きましたが」

「一冊分だとむずかしいかもしれないけど、台東区のものだけを小冊子にするっていうやり方もありますよね。一章だったら、二十ページ程度の小冊子になるでしょう？　活版印刷にすれば、ものとしての存在感も出て、書店じゃない場所での展開も考えられるかもしれませんし」

活版印刷の小冊子。

たしかにそういう本だったら、文字箱のような書店に足を運ぶ人は興味を持ってくれるかもしれない。『東京散歩』は二十三区分で二十三章あるけれど、章ごとに独立しているから、全部読まなくても内容は伝わる。

「道草書房も小説はまだ出したことがないですが、読書のガイド本みたいなのは出してますし、生活エッセイもいくつかあります。本作りもていねいですよ。編集に文芸の経験者はいないかもしれないけど、『東京散歩』は一度出版されているものだし、内容に手を入れるようなことは必要ないだろうし……」

浜本さんはぶつぶつつぶやきながら腕組みした。

「ちょっと社長に提案してみますよ。社長は長年の友人だし、吉野先生の作品も好きだって言ってたから、もしかしたらいけるかもしれない」

「そうしたら、母にも訊《き》いてみます。著作権の継承者は母なので」
まだ企画が成立するかわからないけれど、話だけはしておこう、と思った。

家に帰り、母に『東京散歩』を小冊子にする案のことを話した。

「へえ。そんなやり方があるのね。活版で、章ごとの小冊子か。造本に凝って、価格高めの限定版にするってことかな。うちみたいな大きな会社だと、ある程度部数を刷らないといけないし、売るための話題作りとかも必要になってくるけど……」

「まだライターの浜本さんが思いついただけで、企画が通ったわけじゃないんだけど」

「うん、わかってる。けど、実現できたらいいわよね。物語ペーパーもうれしかったけど、一章の内容を続けて読めたら感じるところもちがうから」

「わたしもそう思う」

それに、もしこの冊子がうまくいったら……。ほかの区の分も出せるかもしれない。

「じゃあ、企画を出すことになったら使用許諾してくれる？」

「もちろん」

母はにっこりうなずいた。

「でも、その浜本さんっていう人も、お父さんの本、読んでくれてたんだね。いまでも覚えていてくれる人がいるのはうれしいなあ」

「浜本さんはサイン会に行ったこともある、って言ってた。そのときのお父さんの言葉で仕事を続ける気になった、って」

「へえ。なにを話したんだろう」

　母が微笑む。

「あと、民藝のことを訊いたって言ってたっけ」

　浜本さんとの話を思い出し、そう言った。

「民藝？　柳宗悦の民藝運動のこと？」

　わたしがうなずくと、母はじっと考えるような顔になった。

「そういえば、そんなことがあったわね。サイン会で読者から民藝運動について質問されたって……。うちの会社から出した本だったのよ。わたしが担当してたから、サイン会のときも会場にいた」

「え、ほんと？」

　びっくりして訊いた。

「わたしはまわりの雑用がいろいろあるから、読者とお父さんの会話を全部聞いてるわけじゃないし、そんな質問があったなんて知らなかったんだけど、帰りにお父さんが言ってた。今日は読者からおもしろいことを訊かれた、って」

　母が思い出すように言った。

「出版社に勤めている若い人から、民藝に関心があるか、って訊かれたんだ、ってうれしそうに笑ってた」

「うれしそうに？」

「うん。お父さんも大学とかで民藝運動について学んだわけじゃないし、そのときまでは意識してなかったみたい。でもその人に言われて、いまの自分の興味は民藝運動と通じるところがあるかもしれない、って思ったんだって」

じゃあ、浜本さんの考えていたことは当たっていた、ということか。これは、今度会ったら伝えなければ。

「たしかに、取材に行くといつも、その土地の職人さんの話をずいぶん熱心に聞いてたのよね。それで、次の作品は民藝運動にからめたものにしたいなあ、って」

「そうなの？」

「それから民藝運動のことを調べはじめて、どんどん構想がふくらんでいったみたいで、これまでの作品とは違って、史実を取り入れた大きな作品にできたらいいなあ、なんて言ってたのよねえ」

母は少し笑って、天井を見つめた。

「わたしも何度か頼まれて、図書館で本を借りて持って帰ったりしてたのよ。お父さん、なんだか楽しそうで。こんなことが載ってた、こんなものがあった、ってよく話してた。興味深いものばっかりで、調べるのが楽しくてたまらない、って」

母の声もなぜか弾んでいる。もう決して戻ることはできないけれど、その時間はいまも母の胸のなかでかがやいているんだろうな、と思った。

「でもね、自分のやりたいことは民藝とは少しちがう、とも言ってた」

「ちがう？ どういうふうに？」

「民藝には美のものさしがある。手仕事のなかから美的にすぐれたものを選んでいく。でも自分は、うつわや道具のようにそれ自体を飾っておける品よりも、やっぱり紙が気になるって」

「お父さん、手帳屋さんになりたい、って言ってたもんね」

「そうだったね」

　母が笑った。

「紙自体は真っ白で、ただの平面でしょう？ 染めたり装飾したりすれば別だけど、素の状態では質感しかない。でもそれがいいんだ、って。文字を書く紙、ものを包む紙、障子や建具に使う紙。液体を濾《こ》すための紙なんていうのもあって、使ったら捨てられてしまうものだけど、それでもうつくしいんだ、って言ってた」

　質感しかない。でもそれがいい。なぜかよくわかる気がした。

「ものづくりをしている人の姿、ものに宿った手の跡に心惹《こころひ》かれる。人が生きた跡というのが、もうそれだけで胸が苦しくなるほど愛《いと》おしく思える。そんなことも言ってたなあ。それで、むかしの紙作りやその周辺を扱った小説を書きたいと考えてたみたいだけど、結局、形にはならなかった」

　紙作りの小説を？

父が紙作りにまつわる小説を書こうとしていた。はじめて聞く話に胸が高鳴った。

「あのとき事故にあわなければ、って思うこともあるけどね。でも、仕方がない」

母はそう言って、目を閉じる。

紙作りにまつわる小説。もし書きあげていたら、どんな話だったんだろう。薫子さんが読んだら、なにを感じただろう。

「そのころに書いたものとか、なにか残ってないの？　メモとか」

思わず訊いた。

「ううん、なにも。まだ本を読んで下調べをしているだけの状態で」

「そうか」

少し残念だった。そういうものが残っていたら、父の紙に対する思いが、もっとわかったかもしれない。

今度、父が興味を持った民藝というものを少し勉強してみよう、と思った。

5

土曜日、会社のアドレスに浜本さんからメールが届いた。宛先を見ると、藤崎さんにも同じ内容のものが送られていた。『東京散歩』の小冊子制作のことを道草書房の社長に提案したところ、好感触だったらしい。

——もちろん発行部数はそんなに望めないですが、活版印刷ということで価格高めで数量限定という形にするなら、試してみてもいいかもしれない、と言われました。

　価格高めで数量限定……。母もそんなことを言っていたな、と思い出した。

——本格的な企画会議はこれからなんですが、小久保から、企画に先立って、活版で印刷するのが可能かどうかを調べたいと思いまして。物語ペーパーの印刷をおこなっている印刷所に打診してみたいのですが、ご紹介いただくことはできないでしょうか。

　メールにはそう書かれていた。藤崎さんに相談すると、印刷所の件に関しては自分から連絡する、と言う。

「ただ、木本印刷店さんは最近大きな仕事がはいったみたいでね。木本さんひとりでやってる店だから、いまはあたらしい仕事は受けられないって言ってた」

　藤崎さんが言った。

「三日月堂さんも、五月の連休に行ったときは、歌集の印刷があるという話で……」

「歌集？」

「店主の弓子さんの亡くなったお母さまの歌集だそうです。お母さまの大学時代の友人たちが募って、三日月堂と付き合いのある小出版社で出すことになったそうで……」

「その印刷を三日月堂が請け負った、ということか」

「そうですね。だからしばらく忙しくなる、と話してました」

　五月に三日月堂に寄ったときのことを思い出しながら言った。

「でも、それは五月の話だろう？　どういう分量かわからないが、それからもう四ヶ月経ってるし、状況も落ち着いているかもしれない」

「それは……そうですね。小冊子研究会の天野さんに訊《き》けば、くわしいことがわかるかと思いますが」

「うん。それに、歌集の印刷を引き受けている、ということは、本を一冊組むだけの力がある、ということだからね。いまの活版の工房でそこまでできるところはなかなかないと思うし。逆に可能性がある、ということだと思う」

藤崎さんの言葉に、なるほど、と思った。

「だったら、こうしないか？　来週の月曜日、岡本さんの工房に行くだろう？　そのとき帰りに三日月堂に寄って、状況を聞いてみる。物語ペーパーのことは木本印刷店で打ち合わせしたから、僕は三日月堂さんに行ったことがないんだ。一度ちゃんとごあいさつに行かないと、と思っていたから」

「わかりました」

岡本さんのところの帰りに三日月堂さんにも……！

話がどんどん広がり、つながっていく気がして、わくわくした。

月曜の朝、川越に行くため、藤崎さんと池袋で待ち合わせた。岡本さんが午後に予定がはいっているとのことで、工房に十時にうかがうことになっていた。

池袋駅にやってきた藤崎さんは今日もスーツ姿。スーツしか持ってないのか、という疑問が喉元《のどもと》まで出かかったが、スーツ以外の服を着ている藤崎さんは想像できないかも、とも思った。

電車に乗っているあいだも、藤崎さんはタブレットでメールのやりとりをしたり、調べものをしたりしている。

わたしはぼんやり窓の外をながめた。小川町に行ったときと同じように、天気がいい。九月半ばを過ぎているが、今日もけっこう暑くなりそうだ。

「藤崎さんは川越の町には行ったことあるんですか？」

ふじみ野《の》を過ぎたあたりで藤崎さんがようやくタブレットをしまったので、話しかけてみた。

「あるよ。でも、ずいぶん前だなあ。大学生のころ、祖父母といっしょに行ったんだ」

藤崎さんが答える。大学生のころ、ということは、七、八年前ということか。

「川越の町並みが話題になっていたんだよね。蔵造りの建物がならんで江戸の町のようだっていうのがニュースで紹介されてたらしくて、祖父が行ってみたい、って言ったんだ。そのころはまだ元気だったから」

祖父というのは、藤崎産業の前社長・藤崎正一《せいいち》氏のことで、五年ほど前に亡くなった、と聞いていた。

「祖父は引退後、藤崎産業のルーツに興味を持つようになって、いろいろ調べていたんだ。倉庫には江戸期からの資料が残ってたからね。そのころの紙屋藤崎の店が描かれている版画も見つけたし……」

そういえば、前に藤崎の屋号紋の紋切りの話もしてたっけ。紋切りは薫子さんから習ったけど、藤崎の紋のものだけはお祖父《じい》さまから教わった、って。折形も、祖父は自分でできた、という話だったし、紙屋としての歴史に誇りを持っていたんだろう。

「前にも話したと思うけど、江戸期までは日本橋も蔵造りの建物がならんでいたんだよ。江戸黒と呼ばれる、黒漆喰《しっくい》の建物だね。明治になって西洋の町並みに近づけるために、もともとの建物を壊して洋風建築にしていったんだけど」

小冊子研究会の日本橋特集でも、乾くんがそんな話を書いていた。西欧諸国の精神に近づくために、垂直に屹立《きつりつ》する石造りの建物が必要だと考えられていた、と。

「だから日本橋には江戸の町並みは残ってない。空襲もあったし、都内にはそういう古い町並みのあとはあまり残っていないんだ。でも、川越にはそうした江戸黒の蔵造りの建物がならんでいて、江戸期の町の姿をとどめているんだよ」

「たしかに、川越の一番街は、江戸の町、って感じでした」

「だから祖父は一度川越を見に行きたい、って言ってね。でも実は川越も、ある時期までは蔵造りの建物は古臭いと思われて、看板で建物を覆っていたらしいんだよね」

「看板で?」

「昭和期はその方がモダンでかっこいい、って思われていたんじゃないかな。八〇年代の終わりごろから、そうしたものを取り外して本来の蔵造りの町並みに戻そう、ってことになったみたいなんだよね」

それであの形になったのか……。ずっとあの風景だったわけじゃ、ないんだな。

「祖母は小川町の出身だから川越のことももちろん知ってたけど、祖母が若いころは別に蔵造りの町並みってわけじゃなかったから、テレビで見てびっくりしたみたいで。それで、ふたりで行かせるのも心配だし、僕もついていったんだよ」

「そうだったんですね」

「まあ、ふたりとももう高齢だったからね、そうそういろいろまわれないけど、町並みを見ただけで、満足してたみたいだなあ。祖父は、日本橋もむかしはこんな感じだったのか、ってずいぶん写真を撮ってたっけ。それで、老舗《しにせ》の鰻《うなぎ》の店で食事して、川越城や氷川《ひかわ》神社を見て、帰ってきた」

藤崎さんがそう言ったとき、電車が川越に着いた。

川越の町を見るのはあとにまわし、まずはタクシーで岡本さんの家へ。高澤《たかざわ》通り沿いの小さな稲荷《いなり》神社の横の路地にはいった。

「このあたりだと思いますよ」

運転手さんに言われ、タクシーを降りる。

「あ、あれだな」

藤崎さんがつぶやいた。スマホの地図とまわりの建物を見くらべ、木造の一軒家を指す。門の前に行ってみると、「岡本」という表札が出ていた。

インターフォンを押すとすぐに岡本さんが出てきた。門をはいってすぐの建物は母屋で、ご両親が住んでいるらしい。

「前はこちらの母屋で母が書道教室を営んでいたんです。数年前にたたんでしまいましたけど」

母屋の脇の人ひとりやっと通れるような小路《こみち》を抜けて、裏にまわると、目の前に古い蔵があらわれた。

「この蔵を作業場として使ってるんですよ。まあ、寝泊まりもしてますので、ここが実質家のようなものです」

岡本さんは笑っていった。

そういえば、美濃市に行ったとき泊まった宿にも蔵があった。古民家を改装した宿で、莉子とわたしは離れと呼ばれる部屋に泊まったが、藤崎さんはひとりで蔵を改装した部屋に泊まっていた。

それにしても、蔵とは。もうそういうものは歴史的な文化財としてしか存在しないものと思っていた。

「川越では家に蔵があるものなんですか？　町のなかではあまり見かけなかった気がするんですけど」

小冊子研究会で遠足に来たときのことを思い出しながら訊いた。

「川越の家は町屋みたいな造りになってるんじゃないかな」

横から藤崎さんが言った。

「そうなんです。間口が狭くて、奥に向かって長い。『鰻の寝床』って言われるやつですね。商家が多いですからね。道に面して店があって……。蔵造りって言われているのは店蔵で、蔵のような厚い壁はあるけど、ものをしまっておく場所ではないんです。貯蔵用の蔵や住居は店の奥にある。だから表通りからは蔵が見えない」

岡本さんが答えた。

「この家もむかしは紙問屋だったみたいですね。祖父母の代にはもう店をたたんでいたので、わたしは全然知らないんですが」

「だから蔵があるんですね」

「ええ。外からは見えないけど、蔵の建物が残っている家はけっこうあると思いますよ。取り壊すとなると大変だし、使わないけどそのままになっているところも多いんじゃないかな。うちもこの蔵は長いこと使われてなくて。だからなかに当時の紙が少し残ってました。それを片づけて、工房兼住居にしたんです」

岡本さんはそう言って、蔵の重い扉を開ける。

「工房はともかく、ここで寝泊まりするなんて無理だってずいぶん言われましたけどね。けっこう大丈夫ですよ。食事とお風呂《ふろ》は母屋を使ってますけど」

岡本さんは笑った。

なかは広々として片づいていた。奥の方に階段があり、ロフトのような場所につながっている。そのロフトが岡本さんの寝室らしい。下の階はすべて作業場になっていた。部屋の隅には大きな水槽がある。紙漉《かみす》きの水槽より浅く、細長い。

「これが墨流し用の水槽なんですか。浅いんですね」

水槽に近づき、訊《き》いた。

「墨流しは水の表面を使うので、深さはいりませんから。こちらの底から水を抜けるようにしてあります。ほんとうはもっと長い水槽がほしいところなんですが……」

岡本さんが答えた。

「これよりも？」

「そうですね、墨流しは水の表面に紙を被《かぶ》せてうつしとるでしょう？　被せるときは真上からのせますが、引きあげるときはななめにすべらせるしかない。だから紙より広い幅が必要なんです」

なるほど、と思った。

「墨流しは紙だけじゃなくて、着物でも使われる技法なんですよ。反物は十六メートルありますからね。それをいっぺんに染めるので、着物の墨流しにはそれだけの長さの水槽を使うんですよ」

「十六メートル……」

そんな長さの水槽に墨流しの模様を作って、布にうつしとる……？　どんな神業なんだろう。

「せっかくいらっしゃるんだし、墨流しを体験してもらった方がいいかな、と思って、こちらに用意しときました」

　岡本さんが微笑む。

「えぇっ、いいんですか？」

「ええ。やっぱり理解するためには体験するのがいちばんだと思いますから」

「すみません、ありがとうございます」

　藤崎さんが頭をさげた。

「こちらの大きな水槽はなかなかたいへんなので、こちらで……」

　岡本さんが反対側にある小さめの水槽を指す。小さいと言っても、一メートルくらいの幅はあった。この前の記念館のバットとはだいぶちがう。

「この前は簡便な方法ということで、墨汁と中性洗剤を使いましたけど、今日はふだんわたしが制作で使っているのと同じものを使います。墨は硯《すずり》で磨《す》っておきましたし、界面活性剤はムクロジの実で作りました」

「ムクロジの実？」

　わたしが訊くと、岡本さんが薄い飴色《あめいろ》の実を取り出し、わたしの手のひらにのせた。

「振ってみてください」

言われた通りに軽く振ると、からからと音がする。

「このなかに黒い種がはいってるんです。羽根突きの羽根に使われる黒い玉です」

むかし飯田のお正月で遥香ちゃんたちと羽根突きをしたのを思い出した。たしかに下に黒い玉がついていて、それを打つのだ。

「皮は水のなかで揉《も》むと泡が立つので、むかしは洗剤としても使われていたんですよ。皮を刻んで水に入れて振ると泡が立ちます」

「サポニンが含まれているからね。煤《すす》の汚れを洗ったり、洗髪にも使ったりしていたらしい。むかしは一般的なものだったんだよ。江戸時代にはこれでシャボン玉を作っていたという記録もある。食べると有毒みたいだけどね」

藤崎さんが言った。なんでそんなことまで知っているんだろう、と思うが、口には出さなかった。

「墨流しの原理自体は単純なんです。墨を置くと波紋ができる。その波紋は放っておけばやがて均一になってしまいます。でも界面活性剤を置くと、その部分は墨を弾《はじ》いて混ざらなくなります。墨の同心円の中心に界面活性剤を置けば、墨の円が外に広がりますし、輪の外側を囲むように界面活性剤を置けば、輪を縮めて密度をあげることもできる」

岡本さんの説明で、ようやく界面活性剤を使う意味がわかった気がした。

「松脂《まつやに》を使うこともありますね。松脂は脂なので、油膜ができるんです。それが水面に虹《にじ》のような模様を作る。この前記念館で試したときは洗剤がちょっと濃すぎたので、置いた瞬間にぱっと界面活性剤の輪が広がった。でもその広がる速度も、界面活性剤の濃度で調整できるんです」

岡本さんにうながされ、水槽の前に移動した。横にはボウルと筆が置いてあった。

「水面はちょっとした振動や風によって揺れます。そうすると波紋にギザギザができる」

ちょっとした振動や風。記念館で墨流しをしたとき、わたしが机に手をついたことで、波紋が揺れたのを思い出した。

「動きだけじゃなくて、音も水面を揺らします。音も波、振動ですからね。その点、蔵はいいんですよ。外の音があまりはいってこないので」

「窓があまりないから風も通りにくい。床も石造りで台も安定しているから、墨流しの作業に合っているかもしれませんね」

藤崎さんがうなずく。

「でも、動きや声によって起こる水面の動きを自然なものと捉《とら》えることもできます。前にもお話ししましたが、墨流しの形は時代によって変わってきましたし、どの形もそれがそのとき生まれた形で、失敗というものはないですから」

墨流しに失敗はありません。記念館で波紋が揺らいだときも同じことを言ってくれた、と思い出した。

「こういうふうに作ろう、と思い定めたものがあるときは、それが叶《かな》うように細心の注意を払いますが、体験ではあまりきびしくしないで、墨流しを自由に楽しんでもらうようにしてます。おもしろいことに、人によってほんとにちがう模様ができるんですよね。同じとき、同じ場所で墨流しをしても、できあがりはみんなちがう」

「自然の力だけではないものがある、ということでしょうか」

藤崎さんが訊いた。

「そうですね。書も『人の心をうつす』というでしょう。水に墨を置いていく場合も、水に置く筆に人の心が宿るのかもしれないですね。じゃあ、一度やってみましょうか。今日は串《くし》を使わずにいきます。串を使うと、どうしても波紋が人工的な形になってしまうので」

岡本さんが水槽の前に立ち、筆を手に取る。片方のボウルに筆を入れ、筆の先端を水につけた。ふわあっと墨が広がる。

動かないように、しゃべらないように。緊張しながらじっと墨の動きを見る。岡本さんがゆっくり身体を起こした。そのままもう一度筆に墨をつけ、水面に触れる。

それから別の筆でムクロジの実の液を水面に置いていく。そっと息をふきかけると波紋がゆっくりと形を変え、次第に複雑な形になっていった。そのまま少し波紋の動きを見守ったあと、岡本さんは和紙を手に取り、水の上にさっと置いた。

周りの四辺を軽くおさえてから、真ん中を軽く撫《な》で、しずかに紙を引きあげる。きれい……。

思わず紙に見惚《みと》れた。墨の集まった濃い部分、薄く伸びた部分。ゆるやかな時間がそのままうつしとられているようだった。

そのあと、わたしも一枚墨流しを体験させてもらった。いったん新聞紙を上からかぶせ、岡本さんの広げた墨を吸い取ってから、もう一度墨を落としていく。

水面が大きなキャンバスのようで、どこに置いたらいいのかすごく迷った。とはいえ、考えたところでどこに置いたらどのような効果が出るのか見当もつかない。結局、なんとなく感覚で置いていくしかなかった。

何度か筆先が水に深く入って水中に墨が溶け出してしまったりもしたけれど、墨、ムクロジの実の液と順番に水面に置いていった。

岡本さんがしていたのを真似て、そっと息をふきかける。波紋がどんどん動いているのがわかる。

ゆったりした墨の動き。雲の筋のように見えたり、水の渦や深い霧に見えたり。その世界に吸いこまれそうだった。見ていて全然飽きない。ここにひとつの世界がある、と感じた。

この動きを見ること自体が遊びだった。岡本さんが記念館で話していたことを思い出し、こういうことだったのか、とわかった気がした。

いつまでもながめていたい気がしたが、紙にうつしとらなければならない。どの瞬間に紙を置けばいいのか。見極めることなんてできそうにない。模様は最初の一瞬で紙にうつしとられるらしい。だから、紙を水に置く瞬間が大事だと聞いた。

もう、やってみよう。どういう形になっても、それが運命だ。紙の両端を持ち、さっきの岡本さんのように、紙をそっと水面に置いた。置く瞬間にちょっとだけ揺れたのがわかり、しまった、と思った。

紙をおさえ、思い切ってさっと紙をあげる。

墨の模様がきちんとうつしとられていた。よく見ると、さっき手元が揺れたせいで少しぶれているところがあったけれど、岡本さんは、それもまた墨流し、と言ってくれた。

上に渡されたロープに紙を吊《つ》るし、乾かす。墨流しの道具を片づけ、真ん中にある作業机でお茶をいただいた。現実の世界に戻った気がして、すっかり墨の模様の世界にはいりこんでしまっていたのだな、と気づいた。

岡本さんの大きめの作品も見せてもらった。どれも素敵だった。うつくしい、きれい、という言葉では言い表せない。なにしろ、言葉では表現しようのない、不規則な形がうつし取られているのだから。

世界、いや、時間？　空気や水の目に見えない動きが形になって目の前にあらわれたような。

人の描いた絵とはまったくちがう。無為の形。でも、それがうつくしかった。空の雲がうつくしいのと同じように、意味も理屈もわからないのにうつくしい。

藤崎さんも感銘を受けたようで、記念館で展示をしたいですね、と言った。

「ほんとですか？」

岡本さんが目をかがやかせる。

「従来の墨流しの伝統をしっかり受け継いでいるけれど、あたらしさを感じました」

「岡本さんの作品展とワークショップをするのはどうですか？　記念館のワークショップではここまで精密なことはできないかもしれませんけど……」

「いえ、わたしも最初は記念館の教室で学んだわけですし、これほど大きな水槽を用意するのはむずかしいですが、やりようはあると思います。それに先ほども言いましたが、墨流しには失敗はありませんから」

「どれもそのときの形なんですよね」

そう言って、さっき自分がうつしとった紙を見あげた。その前の岡本さんの墨流しとは雰囲気が全然ちがった。同じ場所で、同じ道具を使ったのに。

わたしのは岡本さんのにくらべて、なんとなく全体的にふわふわとしている。

「そうですね。岡本さんは記念館の教室の生徒さんだったわけですし、最後にふさわしい企画かもしれない」

藤崎さんが言った。

「最後、というのは……？」

岡本さんが怪《け》訝《げん》な顔になる。

そうか、岡本さんにはまだ閉館のことを話していなかったんだっけ。

「実は、記念館は来年の春で閉館するんです」

藤崎さんが答えた。

「え、来年の春？」

岡本さんが目を丸くした。

「はい。記念館のはいっている建物は自社ビルなんですが、いまは記念館以外はすべて貸している状態で。老朽化したこともあって、取り壊して売却することが決まっているんです。下の階のテナントももう出てもらってます。記念館はビルを明け渡すぎりぎりの三月まで公開しておく予定ですが」

「その後はどうなさるんですか？」

岡本さんが藤崎さんをじっと見た。

「まだ決まっていません。記念館と同じような広さの場所はいまの本社では取れないので……。記念館を続けるかどうかを含めて、まだ保留になっているんです」

「そうだったんですか……。それはさびしいですね」

岡本さんが残念そうに言った。

「でも、吉野さんもがんばってくれていて、記念館の展示の情報公開や、オリジナルグッズの販売はオンラインで続けていこうということになっているんです。ワークショップだけなら本社の会議室でできるかもしれませんし、まずは実績を重ねておこう、ということで、ワークショップは閉館まで定期開催する予定なんですよ」

「そうだったんですね」

ワークショップは一月の節分飾り作りまではもうだいたい企画が決まっている。だが、二月、三月はまだだった。このどちらかに墨流しを入れる？　いや、でもどうせなら紙に墨流しをするだけじゃなくて、記念になるものを作ってみたい。

栞《しおり》やコースターみたいな小さなものじゃなくて……。

「二月と三月のワークショップ、連続企画にするのはどうでしょうか。時間も長めにして、二月に墨流し、三月にできあがった紙でなにか作る、みたいな形にすると、記念になると思うんです」

思い切って、そう言った。

「なにか、というと？」

岡本さんが訊《き》いてきた。

「せっかくだから、少し大きなもの、あとで使えるものがいいような気がします。ノートの表紙にするとか、小箱を作るとか……」

「小箱、素敵ですね！」

岡本さんが言った。

「箱ならshizukuの箱を作ってくれた箱屋の上野《うえの》さんに頼んでもいいかもしれないね。腕はたしかだし、ときどき町のイベントで頼まれてワークショップを開いてるみたいだから、初心者でもチャレンジできる箱を提案してくれると思う」

藤崎さんが言った。

凝ったワークショップなので、参加人数は限られてしまうかもしれないが、最後を飾るのにふさわしい会になりそうだ。

それに、岡本さんの作品も展示して……。

藤崎さんも乗り気で、詳細はまた上野さんとも相談して、ということになって、岡本さんの工房を出た。

6

路地を歩き、六塚稲荷《むつづかいなり》という小さな稲荷神社のところで高澤通りに出た。この向かいが菓子屋《かしや》横丁だ。

気がつくと、もう一時になろうとしている。岡本さんの工房に着いたのが十時少し前だったから、あの蔵のなかで三時間過ごした、ということだ。

「じゃあ、お昼を食べようか。僕としては、前に祖父母と行った鰻《うなぎ》屋にもう一度行ってみたいんだけど」

藤崎さんが言った。

「鰻！　いいですね！」

「ただ、そこはお昼の営業はたしか二時までで……。整理券が出るほどの人気店だから、それより前に品切れになってしまうこともあるみたいなんだけど」

「ダメだったとしても、まわりにもお店はたくさんあると思いますし。とりあえず、そこに向かってみませんか」

わたしは答えた。整理券が出るほどの人気店の鰻……。どんなものか期待が高まった。三日月堂さんとの約束は三時だし、時間はじゅうぶんある。

「その鰻屋さん、どこにあるんですか？」

「駅から一番街に向かう途中に『大正浪漫夢《たいしょうろまんゆめ》通り』っていう通りがあるだろう？　そこだよ」

「あ、わかりました！　あの店ですね。この前、小冊子研究会で遠足に来たとき、前を通ったんです」

いかにも老舗《しにせ》という感じの古い木造建築。まだ開店前なのに何人かならんでいる人がいて、有名な鰻屋さんらしいよ、と莉子が言っていた。

大正浪漫夢通りに向かうため、高澤通りを歩いて一番街へ。平日だというのに、一番街はにぎわっていた。浴衣《ゆかた》姿のカップルや、観光客らしい外国人もいる。外国からの観光客にとっては曜日は関係ないからなあ、と思った。

黒く重厚な漆喰《しっくい》の壁。商家がならぶ町並み。お芋のお菓子やお団子、飴《あめ》細工。食べ歩きにぴったりなおやつを頬張る人たち。歩いているだけで浮き浮きしてくる。

莉子が「川越のパルテノン神殿」と言っていた「川越商工会議所」の角を曲がり、大正浪漫夢通りへ。すぐに鰻屋さんが見えた。待っている人はいるが、それほどの列でもない。お店の人に訊くと、まだはいれるらしい。

しばらく店の前で待ち、中に通された。階段をあがり、二階へ。階段の脇の椅子で再び少し待つ。しばらくして、なかの座敷に通された。建物の外から想像していたよりずっと広く、座敷だが椅子席である。座ってみると少し低めで、妙に落ち着いた。

「なんだか、いいお部屋ですね」

「そうだね。祖父母もそう言ってたよ」

藤崎さんが笑った。

店員さんに渡されたメニューを見て、うわ、と思った。鰻屋さんだからあたりまえだが、けっこう高い。そういえばあのとき莉子が、値段的にはわたしたちにはちょっとはいれないけど、と言っていたのを思い出した。

藤崎さんのことだから、自分が出す、って言うんだろうけど……。だからこそこんな高い店でいいのか、と申し訳ない気持ちになる。

「どれにしようか。僕と同じものでいいかな？」

「あ、はい……」

どうしたらいいかわからず、うなずいた。藤崎さんはやってきた店員さんに、迷いなく特重を注文している。

あ、それ、いちばん高いやつ……。なんだか生きた心地がしない。

「大学生のころはよくわからなかったけど、祖父がなぜこの町並みに惹《ひ》かれたのか、いまはちょっとわかる気がするなあ」

お茶を飲みながら、藤崎さんが言った。

「江戸の雰囲気、ありますよね」

「うん。建物だけじゃなくて、このにぎわい方がね。生きてる町っていう感じがする。やっぱり、町っていうのは建物だけじゃダメで、生きた人がいないと」

たしかにこの町の活気はすごい。前に来たときも感じたけれど、歩いていると気持ちが浮き立つ。でも同時に、なぜか落ち着く。都心とちがって高い建物がないからだろうか。時間がゆったり流れているような気がする。

「庶民的な店が多いのも、江戸らしくておもしろいよね。京都や金沢《かなざわ》とはちがう。浅草とはちょっと通じるところがある気がするけど」

「やっぱり江戸を受け継いでいるからなんじゃないですか」

「そうだね。日本橋も江戸期はこんなだったのかもしれないなあ。人形町《にんぎょうちょう》のあたりは似た雰囲気があるし。こういうにぎやかで楽しい感じ、前に来たときの僕にとってはまったく馴染《なじ》めないものだったけど、なかなかいいものだね」

藤崎さんがつぶやく。藤崎さん、スーツ姿以外は想像できない、と思ったけど、着物ならいけるかもしれない。和服、似合いそう……。

「そういえば、祖父もあのとき似たようなことを言ってたな」

藤崎さんがつぶやくように言う。

「似たようなこと？」

「うん。祖父は若いころはけっこう内向的なタイプだったらしいんだ。僕が知っている祖父は経営者らしく堂々とした人だったけど、年齢を重ねるうちにそうなっただけで、最初は祖母の方が全然社交性があったとか」

「薫子さんの方が……」

前社長がどんな人だったのかはわからないが、薫子さんが社交的だったというのは、容易に想像できた。

「祖父は、ほがらかでだれに対しても臆《おく》さない祖母のことを頼もしい、と感じたみたいなんだよね。そんな話を、この店ではじめて聞いた」

藤崎さんが少し笑った。

「考えたら、祖父は仕事一筋、家ではけっこう無口だったからね。食事するときも、しゃべっているのはいつも祖母。お酒を飲むと会社の歴史や江戸期の紙屋のことなんかをいろいろ楽しそうに話してくれたが、自分のことはあまり話さなかった」

「そうだったんですね」

「祖母もね。紙の話はするけど、あまり自分のことは話さなかったなあ。あの世代の人たちはそういうところがあるよね。子ども時代に戦争があったから、話したくないこともたくさんあるんだと思う。いっしょにいるとときどき伝わってくるんだよ。そのとき心に負った傷は、まだ完全に癒《い》えていない、一生抱えていくしかないんだなって」

藤崎さんがそう言ったとき、お重が運ばれてきた。

蓋《ふた》を開けると、神々しいほどつやつやの鰻があらわれた。いただきます、と手を合わせ、どきどきしながら一口目を箸《はし》で運んだ。ふっくらしていて、とてもおいしい。

「おいしいです」

「うん。あのときと同じ味だ。祖父はもう食が細くなっていて、小さいのしか食べなかったけど、すごくおいしい、って満足そうにしてたっけ」

藤崎さんが思い出すように言う。

藤崎さん、ご両親が忙しくて前社長夫妻に預けられることが多かった、って聞いていたけど、ふたりのことがきっと大事だったんだな、と思った。

食事を終えて外に出る。三日月堂との約束の時間まで三十分ほどあるので、一番街周辺を少し散策することにした。時の鐘や蔵造りの建物をながめながら歩いていると、あっというまに時間が経った。

川越は見どころが多い。春の遠足のときも、活版体験のために時間に限りがあったこともあるけど、行けないところがたくさんあった。街の範囲もけっこう広いし、一日まわったとしても全部はとても見られない。

　またもう一度来たいなあ、と思いながら、三日月堂に向かった。仲町《なかちょう》交差点から通りを少し歩いて路地にはいる。この前見学した醬油《しょうゆ》蔵を左にながめながらまっすぐ進み、次の角を曲がるとすぐに白い建物が見えてくる。

「あそこです」

　建物を指しながら、藤崎さんに言った。ガラス張りのドアの向こうに活字の棚が見える。ドアを開け、すみません、と声をかけると、すぐに天野さんが出てきた。

「あ、天野さん、今日、バイトだったんだ」

「はい。夏休み中はほとんど毎日こっちに来てました。秋に活版関係のイベントもありますし、グッズの制作で忙しくて」

　天野さんが笑った。

　一年の最初に出会ったときは、一年なのになんでこんなにしっかりしてるんだろう、と驚愕《きょうがく》したけれど、数ヶ月つきあってみると、やっぱり一年生なんだ、と思うところもあり、少しずつ慣れてきた。

　それでも夏の遠足で紙漉《かみす》き体験したときには、だれよりもうまく紙を漉いて、おじさんたちにも筋がいいね、と褒められていた。

「遠いところ、わざわざありがとうございます」

店の奥から店主の弓子さんが出てくる。

「物語ペーパーのお仕事も、ありがとうございます。数が増えてきて、こちらも楽しんで刷っています」

弓子さんが微笑んだ。

「こちらこそ、お世話になっております。今日はお忙しいなか、押しかけてすみません」

藤崎さんがすっと頭を下げた。

「かなりの種類の活字があるんですね。平台も木本さんのところより大きい。木本さんから話は聞いていましたが、設備が充実していますね」

「ありがとうございます。活字の鋳造機がないので、活字は活字屋さんから買っていますが、機材もだいぶそろってきました」

弓子さんはそう言って、店のなかを見まわした。

「お祖父《じい》さまのあとを継がれたんですよね」

藤崎さんが訊《き》いた。

「はい。祖父は祖父の代で店を閉じるつもりでした。父も継がなかったので、いったんは閉めていたんです。わたしも処分するつもりでいたんですが、いつのまにか印刷を仕事にするようになっていて……」

弓子さんの口調は落ち着いていて、聞いているとなぜか安心する。細いけれど、しっかりと揺らがない杭《くい》が立っていて、ここにいれば大丈夫だ、という気持ちになる。

——信じられる人といっしょに働きたい。

前に天野さんがそう言っていたのを思い出し、なんとなくわかる気がした。

「まずはどうぞ、二階に」

弓子さんに案内され、階段をあがって応接室にはいった。古い建物だが、きれいに掃除され、整えられているのがわかる。天野さんもいっしょに二階に来て、奥の部屋でお茶を淹《い》れてくれた。

「メール、拝読しました。物語ペーパーのもとになっている『東京散歩』の一話全体を活版印刷の冊子にしたい、ということですよね」

弓子さんが訊いてきた。

「はい。まだ実現が確定したわけではないんですが、道草書房という小さな出版社で、部数限定で出そうということで、これから企画会議にかけるそうです」

「そうでしたか。実はわたしも物語ペーパーの仕事をするようになってから、『東京散歩』を手に入れて、読んでみたんです」

弓子さんが本棚から『東京散歩』の文庫本を取り出す。少し古びてはいるが、きれいな本だった。

「どこで手に入れたんですか？」

「『浮草《うきくさ》』です。皆さんがこの前行った……」

高澤橋を渡って川の向こうにある古書店だ。三日月堂とは提携しているみたいで、店の一角に活版印刷の体験ができるスペースがある。

「いい本ですね」

弓子さんは文庫本を手のひらで包むようにして、そう言った。

「吉野さんのお父さまが書かれたんですよね」

「はい」

うなずいてから、だからわざわざ読んでくれたのかもしれない、と思った。

「物語ペーパーに抜粋された部分だけ読んでいても、心に染みこんでくるようなものを感じていました。それで、どうしても全文読みたくなって。最初に探しに行ったときは、浮草には『東京散歩』はなかったんです。吉野先生のほかの本はあったんですが。でも、安西《あんざい》さんに頼んでおいたら、見つけてきてくれて」

安西さん。浮草の店長をしているわたしたちの先輩。莉子と同じ立花ゼミの出身だと言っていた。

「読んでよかったです。一気に読むものじゃない、と思ったので、毎晩一編ずつ読みました。ほんとうに、その時代のその町の姿が、目の前に見えるようで……。土地に染みこんだ記憶が浮かびあがってくるんですよね」

弓子さんの言葉に、藤崎さんもうなずいている。

「それで、吉野先生の本をもっと読んでみたくなって、浮草にあるものを買ってきて、順番に読んでいるところです」

「ありがとうございます」

父の本を探して読んでくれている人がいる。そのことがただうれしかった。

「お話をいただいたとき、ぜひ参加したい、と思いました。もちろん、まずは企画が通ってから、ということですけれども、物語ペーパーだけじゃなくて全文届けるためのお手伝いができたら、こんなにしあわせなことはない、って」

弓子さんがじっとこちらを見た。

お手伝いができたら、という言葉に胸がふるえた。こんな気持ちで仕事をしている人がいるんだ、と思った。

「ありがとうございます。ただ、吉野さんの話だと、三日月堂さんは春から歌集の組版に取り組まれている、と。それでお忙しいのではないか、と聞いているのですが」

藤崎さんが訊いた。

「はい。五月から七月ごろまでは、そちらの仕事で立てこんでいて……。あたらしいお仕事は少し期限をのばしてもらったりもしていたんですが、おかげさまでなんとか八月中に校正の作業まで終えて、いまは印刷の作業中なんです。もうわたしの手は離れています」

「印刷は悠生さんの担当なんです」

天野さんが横からおぎなった。

「印刷は来月のはじめくらいまでかかりそうで、そのあいだ、大判の印刷は忙しいですが、組版ははじめられます。企画が通って話が具体的になるまでにも少し時間がかかると思いますし、そのころには印刷の方も通常の状態に戻っているかと」

「なるほど……」

「お話をいただいてから、『東京散歩』の文字組を見てみたんです。一話ずつは短いんですよね。数えてみたらどれもおよそ原稿用紙十五枚くらいでした」

弓子さんが文庫のページをめくりながら言った。

「母の話では、『東京散歩』はもともと月刊誌の連載をまとめたものだったそうです。レイアウトが決まっているので、文字数も毎回同じで……」

「そういうことだったのですね」

弓子さんがうなずく。

「本の大きさや文字の組み方によっても変わりますが、この分量なら十六ページにおさまると思います。それなら、大判の紙の両面に八ページずつ刷って折れば一枚ですみます」

「たしかに、そうですね」

藤崎さんが答えた。

「製本も中綴《なかと》じですみますから、そこまで大がかりにはなりません。うちでは折って綴じることはできないのですが、製本の業者を紹介することもできます。綴じ方のご相談にものれるかと。ちなみに、和紙に印刷、というお話でしたが、すべて和紙ということでしょうか？　それとも表紙のみですか？」

弓子さんの口調はなめらかで落ち着いている。迷いがなく、押しつけてくるようなところはひとつもない。

「それも道草書房の意向次第ですが、紙はうちが手配することになると思います。価格を考えると、本文用紙は和紙といっても機械抄《す》きを薦めることになるかもしれません。僕としては、表紙だけでも手漉《てす》きの和紙を使いたいですが」

藤崎さんが答える。

「先ほども申しあげましたが、企画が通るかはまだわかりません。ただ、引き受けてくれる印刷所がないと話がはじまらないので、先にうかがった、という形で……。でも実現したいですね。僕自身、むかしから吉野先生のファンでしたから」

藤崎さんはそう言って微笑んだ。藤崎さんにしてはめずらしく、すごく安心したような笑みで、ここの落ち着いた雰囲気がそうさせているのかもしれない、と思った。

三日月堂の。そして川越の。

——建物だけじゃなくて、このにぎわい方がね。生きてる町っていう感じがする。やっぱり、町っていうのは建物だけじゃダメで、生きた人がいないと。

さっきの藤崎さんの言葉を思い出す。にぎやかなのに落ち着く。矛盾しているようだけど、やっぱりそうだよなあ、と思った。

7

そのあとしばらく印刷所を見学したり、三日月堂でこれまで作ったものを見せてもらったりして、外に出た。少しだけ涼しい風が吹き、暮れかかっている。九月も後半にはいり、夏にくらべるとずいぶん日が短くなった。

五時を過ぎたから、一番街の店は閉まりはじめている。昼間の活気が嘘のように、あたりがしずまっていく。

大正浪漫夢通りを抜け、クレアモールへ。江戸の街のような一番街から、現代に戻ってきたみたい。でも、ここも都心の街とはちょっとちがう。少しだけむかしの匂いがする。

人がたくさん歩いていて、店もまだまだ営業中。にぎわっているけど、日が暮れたせいかなんだかものさびしい。

そういえば『東京散歩』の杉並《すぎなみ》区の章にもこういう商店街の描写があったな。

夕暮れの商店街はさびしい。

昼間は会社員だ、公務員だ、学生だ、と忙しく過ごしていても、夕暮れの商店街を歩いていると、だれもがふとひとりの人間に戻ってしまう。

わたしたちは、なにをしていても、だれと過ごしていても、結局はひとりの人間だ。

斜めからあたる弱い太陽の光が、いつもは気にもとめない店の壁や、電柱や、道の横に打ち捨てられたあれやこれやをくっきり映し出し、どんなものにも影があることを教えてくれる。

わたしたちの足元からも長い影がのびている。

八百屋に肉屋、魚屋。

あちこちからものを売る声がして、食べ物の匂いが漂ってくる。

夕餉《ゆうげ》の買い物も、わたしたちはみな生き物で、生きているものを食べないと生きていけないのだ、と思い出させてくれる。そんな罪深い生き物でも、だれかと囲む食卓はやさしく、あたたかい。

それをよすがに生きていくしかない。

自分たちがそういう生き物であることが、斜めからの日差しで浮きあがってくる。

だから、夕暮れの商店街はさびしい。

生きるために必要な、さびしい光が満ちている。

杉並区の物語ペーパーを作るとき、この一節を読んで、なぜかわからないが胸にこみあげるものがあった。これを書いたのが父であるということとは別に、知らない人たちの暮らしの姿が浮きあがってきて、どうしようもなく胸が締めつけられた。

――生きるために必要な、さびしい光。

いまここにも、それが満ちている、と思った。

三日月堂の了解が取れたということで、藤崎さんは帰りの電車のなかで早速浜本さんにメールしていた。

企画、通るだろうか。

薄暗くなった外の景色をながめながら、ぼんやりそう思った。

父は亡くなったけれど、父の言葉はまだ生きている。弓子さんの話を思い出しながらそう感じた。藤崎さん、薫子さん、綿貫さん、浜本さん。いま生きている人たちが、父の言葉を大事にしてくれている。もう一度人に届けようとしてくれている。

そしてわたしも、そのおかげでいろいろな人とつながっていっている。ありがたいことだ。ほんとうに稀有《けう》な幸運だ。

雲も日暮れで暗い色になり、空にのびている。動いて形を変えていく。見ていると、岡本さんの墨流しを思い出した。

墨流しであらわれるのは自然の形。人間には描くことができない、一回だけの形。

藤崎さんは三日月堂で、『東京散歩』の冊子、本文は機械抄きでも、表紙は手漉きにしたいと言っていた。岡本さんの墨流しにするのも素敵だなあ、と思う。墨流しの模様を印刷するんじゃなくて、墨流しの紙をそのまま使う。

そうしたら、どれもちがう模様の唯一無二の本になる。

それはさすがに高くなりすぎるかな。でも「紙の絵本」のときみたいに特装版を作れば……。

暗い雲が形を変える。雲は生き物じゃない。生き物であるわたしたちの暮らしのうえで、ああやってゆっくりとたゆたっている。

昼間のにぎやかな川越の町、鰻《うなぎ》屋さんで聞いた前社長夫妻の話、三日月堂の活字と印刷機、夕暮れどきの川越の町。いろいろなものが頭のなかでぐるぐるまわる。

わたしも生きているんだな。

いまここで、ひとりの人間として。

そう思いながら、窓の外に流れていく景色をながめていた。

第三話　春霞の小箱

1

九月の終わりから後期の授業がはじまり、小冊子研究会も大学祭用の雑誌作りで忙しくなってきた。今年は編集作業のほとんどを二年が受け持ってくれることになったので、莉子とわたしは自分の分の原稿を書くだけ。

今回の雑誌の中心は、五月におこなった活版体験と夏休みの小川町遠足のまとめである。活版印刷の方は三日月堂で働いている天野さんが中心になって、一年の稲川くん、鈴原さんが文章を書き、中条さんの写真を使って、イラストは二宮さん。

小川町遠足は、和紙体験学習センターの歴史関係の展示は二年の乾くんが文章を書き、莉子とわたしで和紙体験学習センターと東秩父村和紙の里の紙漉《かみす》き家屋で見た紙漉きの道具や機械に関する説明を書く。

二年の松下さんと石井さんと一年の根本くんは、東秩父村和紙の里の紙漉き体験。莉子は、石井さんは全体のレイアウトの担当だから紙漉き体験の記事は松下さんと根本くんにまかせて、と言っていたが、石井さん自身が納得しなかった。

――紙漉き体験にはイラストがはいってた方がいいじゃないですか。みんなからの材料が集まるまで、全体のレイアウトはどっちみちできませんし。

石井さんはそう言い張ったが、松下さんと根本くんふたりだけにするわけにはいかない、という意図が見え見えである。

わたしは、紙漉きの道具や機械に関する説明は小川町から帰ってすぐに文章に書き起こしておいたので、莉子と相談しながら雑誌のページに合わせて分量を調整するだけ。去年はスタートが遅かったのでだいぶ苦労したが、今年は余裕だった。

サークル活動の合間に、記念館の十月のワークショップの準備もおこなった。

と言っても、インクに関しては関谷さんにおまかせである。こちらから渡した和紙のサンプルを使って会社で何度も試作してくれていたようで、和紙も関谷さんの指示にしたがってそろえるだけ。

わたしの仕事はサイトで応募者の数を数え、関谷さんの作ってくれた資料を人数分コピーしたりするくらいだった。

当日、関谷さんはすごい枚数のスライドを持ってきて、参加者の前で熱弁をふるった。専門用語も多いし、かなり早口だったが、集まった人たちもインク沼関係の人が多いのか、うなずきながら聞いている。

松下さんと鈴原さんもアルバイトで手伝いに来てくれた。鈴原さんは受付、松下さんは作業のアシスタントである。松下さんには少し早く来てもらい、レクチャーを兼ねて試作してもらったが、インクの紙染めにすっかりはまってしまったみたいだ。これはうちのインクでもいろいろ試してみたいですねえ、と言っていた。

十月下旬、小冊子研究会の雑誌の原稿もだいたい仕上がってきた。

例によって根本くんと石井さんが無意味に張り合って意見がまとまらなかったりいろいろあって、和紙の里の紙漉き体験チームの原稿が遅れ、全体のレイアウトをするはずの石井さんの作業が遅れ、十月末から十一月の初めにかけて石井さんは徹夜が続く修羅場になったらしい。

莉子は、自業自得だよね、とため息をつきつつ手伝いを申し出たが、石井さんの使っているソフトは持っていないので、手が出せない。なぜか根本くんが、自分にも責任がある、ソフトも持っているから、と言い、石井さんも背に腹はかえられぬ、と仕事を少し根本くんに渡すことにした。

やってみると、根本くんのレイアウトは石井さんのとは雰囲気がちがうが、それはそれでおしゃれでなかなか評判がよかった。日数的にも切羽詰まっていてそれどころではない、というのもあったのかもしれないが、石井さんもあきらめ、雰囲気がちがうから最初からパートを分けてまるまる受け持ってもらった方がいいだろう、という判断で、活版印刷のパートはすべて根本くんがレイアウトすることになった。

というわけで、入稿日前二日間は石井さんも根本くんも徹夜。ふたりで作ったファイルを最後にひとつに結合し、印刷所の入稿締切時間ぎりぎりに送信したらしい。

翌日のサークルには、ふたりともどんよりした目でやってきた。なぜかおたがいを褒めあい、肩を叩《たた》き合っていて、乾くんは、結局あのふたりは似たもの同士なのかもしれないですね、とため息をついていた。

入稿が終わったあとは、ノベルティとポスター制作。ノベルティは、和紙に活版印刷した栞《しおり》、と決まり、記念館の倉庫にあった余り紙の山を使うことになった。余り紙といっても、大きなものはＢ５サイズくらいある。藤崎さんの許可を得て、記念館からごっそりもらってきて、数人で栞サイズに裁断した。

これに五月の連休のときに組んだ松下さんの短歌を三日月堂で印刷してもらうのだ。天野さんに頼むと、持ちこみの紙ということで代金を少し割引してくれた。

和紙体験学習センターで漉いた葉書は、そのまま販売。ポスターは例によって石井さんが仕切っている。

雑誌編集をきっかけに打ち解けあったかに見えた石井さんと根本くんは、元気になればまたなにかと張り合うようになった。莉子と乾くんは、飽きないねえ、と苦笑いしている。

大学祭数日前に突然ふらりと西園先輩があらわれ、『地域猫通信』の新刊を置いていった。全然顔を出さないし、今年はもうないのかと思っていたが、さすが西園先輩。これだけは忘れないらしい。

あいかわらずふわ〜っとした雰囲気の表紙に、猫がいまひとつはっきり撮れていない写真。印刷もいまひとつでぺらっぺらの薄い冊子なのに、毎年すぐに完売するほどの人気を誇っている。

机の上に新刊を置くと、午前中は売り子にはいるよ、とだけ言って帰ってしまった。先輩のファンの鈴原さんは、そのときちょうどお昼を買いに行っていて会うことができなかった。先輩が来ていたことを聞いてショックを受けていたが、新刊を目にして熱狂している。

写真マニアの中条さんはこのぼんやりした写真を許さないだろう、と思っていたら、魅せられたようにページをめくっている。そしてなぜか、ここには猫ではなく、猫の気配が写ってる、気配を撮るのはすごくむずかしいことなんです、と絶賛していた。


大学祭前日に、雑誌が刷りあがってきた。

石井さんのキャラクターが配置されたカラフルな表紙。根本くんのレイアウトした活版関係のページは渋めの仕上がり。後半の小川町関係は情報満載だが、石井さんのイラストもあってすごく読みやすい。

去年の日本橋特集よりページ数も増え、本格的な雑誌の雰囲気を醸し出している。

「これは……勝ったな」

莉子が微笑む。

「勝ちましたね」

石井さんもうなずき、にまっと微笑む。

勝ってなにに……？

新刊のとき「打倒文芸部！」と息巻いていたあれがまだ続いているのか……？

「最強っすね」

横から根本くんも加わり、三人でわけのわからない舞を踊りはじめた。


大学祭は盛況のうちに終わった。初日完売が予想された『地域猫通信』は、部数を絞って初日と二日目に半分ずつ販売することにしたが、両日ともお昼過ぎには完売。部の雑誌も今回の販売予定分は完売した。

記念館のワークショップも着々と回を重ねていった。はじめは十一月にポチ袋作り、十二月に正月飾り作りと計画していたが、ポチ袋は正月のお年玉袋として使う人が多いだろうということで、ポチ袋作りを十二月にして、十一月は紙糸でクリスマスオーナメントを作るワークショップとなった。

紙糸とは、和紙で作った糸のことだ。和紙を細くテープ状に切り、撚糸機《ねんしき》で撚《よ》る。張りがあって、ふつうの糸とは風合いがちがう。こよりのようにすぐ切れてしまうのでは、と思っていたが、そんなことはなく、結んだり織ったりすることもできる。

タグを商品に結びつけるのにも使えるし、和紙で包んだ上に紙糸をかけて蝶結《ちょうむす》びにしただけでナチュラルでおしゃれな雰囲気になるので、記念館の販売スペースで包装を頼まれたときによく使っている。

太さもいろいろあり、ほかの糸にくらべてとても軽く、表面に毛羽が立たないという特性がある。最近ではより丈夫で、洗濯に耐える紙糸も作られるようになり、衣類やタオル、鞄《かばん》などにも使われているらしい。吸水性、通気性にも優れ、自然環境にもやさしいと注目を集めているのだそうだ。

ワークショップの講師は、カルチャーセンターなどでアクセサリーや小物作りを教えている和紙小物のクリエイターで、最近紙糸の魅力にはまっていると言っていた。

今回作るオーナメントは、発泡スチロールのボードに好きな形を描き、その外周に並べて刺した釘《くぎ》に、でんぷん糊《のり》を染みこませた紙糸をかけていく、というもの。釘の外側に紙糸を何周かまわし、さらに内側にもランダムに紙糸を渡して埋めていく。糊が乾くと糸が固まって形が固定するので、釘を外して完成である。

なにかの形にしてもいいし、多角形など幾何学的な形でもいい。正方形の各辺に数本ずつ釘を打って格子状に糸を渡し、一マスおきに格子を糸で埋めれば市松《いちまつ》模様のようになるし、円形に釘を刺して規則的に対面に糸を渡していけば花のようなうつくしい形ができる。

紙糸はいろいろな色があるので、いくつか取りそろえ、釘や発泡スチロールのボードなどを参加者の人数分準備した。

サイトでの募集も、最初は手間取ることもあったが、もうすっかり慣れた。参加費の支払いまでサイトでおこなってもらえるので、当日の釣り銭の準備がいらないのもよかった。

十二月のポチ袋作りは、折形の要領で和紙を折るだけで作れるものにした。それだけだとさびしいので、小さな水引飾りをつける。特別な外部の講師は呼ばず、講師は藤崎さん。体験の補助は小冊子研究会の数人にアルバイトに来てもらうことにした。

袋は藤崎さんから教えてもらった簡単な折形、飾りは水引一本で作る小さなものだが、和紙と水引の色を自由に組み合わせられるようにしたところ、思いのほかかわいい写真が撮れた。ネットでも好評で、お正月前ということもあって予約はすぐに埋まり、あわててもう一枠設定した。

日本文化を楽しむ、という趣旨で、ライフスタイル雑誌の取材もはいった。

取材にやってきたのは、母と同じ出版社に勤める久住《くずみ》さんという編集者だ。久住さんは以前は母と同じ文芸書の部署にいたが、その後ライフスタイル雑誌「暮らし画報」に異動になった。

紙こもの市にも取材に行ったことがあるそうで、母から記念館の話を聞いて興味を持ってくれていたらしい。定期ワークショップのことはきちんとページを割いて取りあげたい、と言って、今回の取材になったのだ。

参加者がいるとなかなか自由に撮影ができないので、別の日にライターさんやカメラマンさんといっしょに同じ体験をしてもらい、藤崎さんの折形や水引に関する話も聞いてもらった。

久住さんは、折形も水引も暮らしのなかで簡単に取り入れることができる上、日本の伝統に深く繋《つな》がっていることに関心を持ったようだ。体験を終えたあと、誌面にも大きく取りあげたいです、と言っていた。

2

十二月にはいると、ますます忙しくなった。

一月のワークショップの準備のほかに、閉館イベントの企画も考えはじめなければならない。

三月の最後の週は、レクチャールームに紙屋藤崎や記念館の歴史にまつわる写真と、これまで記念館で作ってきた製品を展示し、最後の土曜の夜に関係者を招いてささやかな閉館パーティーをおこなうことになった。藤崎さんは写真を集めたり、文章をまとめたりで大忙しだ。

わたしは藤崎さんが作ったリストをもとに、招待状を発送する準備をはじめた。藤崎さんと取引のあるお得意さんや、記念館の制作物に協力してくれる職人さん。薫子さんや文字箱の綿貫さんたち、小冊子研究会のみんな。年が明けたらすぐに招待状を出せるよう作業を進めた。

十二月最後の藤崎産業の会議では、藤崎さんが、記念館がなくなったあとも本社の会議室でワークショップを継続する案を提出し、ここまでの活動が評価されて可決された。具体的な方法はまだこれからだが、とりあえず開催自体はできそうだ、と藤崎さんはほっとした様子だった。

わたしもそのまま本社でアルバイトを続けられるみたいだ。藤崎さんは「和紙部門」という、部下はバイトのわたしだけという小さな新規部署の配属となり、席は第二営業部の片隅に置かれるようだった。

これまで記念館で藤崎さんがおこなってきた業務は、本来なら包装・梱包《こんぽう》用品を扱う第一営業部に近いのだが、そこには藤崎さんと折り合いの悪い従兄弟《いとこ》の浩介さんがいる。それで、書籍用紙を扱う第二営業部に籍を置くことになったみたいだ。

しかし、これで和紙部門が安泰、というわけでは決してない。本社に移れば会議室を借りるのにも手続きが必要で、準備のための部屋もない。最初のうちはワークショップも規模を縮小せざるを得ないだろう。

だが、せっかく盛りあがってきているものをここでしぼませるわけにはいかない。なんとかうまく軌道にのせ、本社の人たちにも認知してもらわなければならない。

サイトの通販もだ。少しずつ注文が増えてきたものの、本社のほかの部署の業績にくらべたら、まだまだ微々たるもの。手作業が多いから生産量にも限りがあるが、少しは売り上げを増やさなければならない。

そもそも第二営業部の人たちは記念館のことをよく知らない。紙屋藤崎や和紙の歴史についてもあまりわかっていないようで、なんでうちの部署に来るんだろう、と首をひねっている人も多いらしい。

つまり、問題山積みなのである。しかし藤崎さんは呑気《のんき》なのか大物なのか、特別動じる様子もない。

――これまでみたいに広い場所はないからなにかと不便になると思うけど、席があるだけありがたいってことかな。

いたって冷静にそう言った。経営者一族というのはこういうものなんだろうか、と少し不安になった。

十二月の終わり、岡本さんからメールが来た。

近々、知人が楮《かず》かしきをするので、手伝いに来ませんか、というものだった。

楮かしき。和紙体験学習センターに行ったとき、庭にいた田端さんから聞いていた。楮《こうぞ》は葉が落ちた秋に収穫。一メートルほどの長さに切りそろえ、束にして大釜《おおがま》で蒸し、蒸しあがった枝の皮を剝《む》く。

大量の楮を一度に剝くため人手が必要で、小川町ではむかしから人を集めておこなう正月行事だったらしい。

伝統工芸会館や和紙の里でも体験できるが、そちらは体験なのでそんなに長時間はできない。今回の楮かしきは岡本さんの知り合いがおこなうものなので作業量は多いが、その分たっぷり楮かしきの雰囲気を味わえる、と言う。

知り合いというのは、かつて岡本さんが受けた紙漉《かみす》き研修の先輩の野木《のぎ》さんという和紙職人だ。いまはとなりのときがわ町で紙漉きの工房を営んでいて、周辺に何箇所か楮の畑を持っているのだそうだ。

最近は楮の生産量が減っているため、外から購入するのはむずかしいらしい。それで、紙漉き職人の多くは、自分で楮の畑を持って、楮を育てている。春から秋までは畑の世話をし、晩秋に収穫。収穫や楮かしきのときには多くの人手が必要になるので、ボランティアを募るのだそうだ。

和紙体験学習センターで話を聞いたときから、楮かしきを一度見てみたいと思っていた。美濃市では塵取《ちりと》りの工程から体験した。だが、その前の工程は説明だけで、実際の作業を見ていない。だから、一度楮の木から皮を剝《は》がす作業を見てみたかった。

野木さんの楮かしきは土日のようで、バイトを休めるか藤崎さんに相談したところ、せっかくの機会だし、その日は記念館は僕ひとりで大丈夫だからぜひ行ってみるように、と言われた。

「紙漉き体験は年中できるけど、楮かしきはこの時期しかないからね。僕は前に手伝いに行ったことがあるんだ。勉強になるよ」

「ありがとうございます」

「そうだ、楮かしきって言ったら、祖母も興味を持つかもしれない」

藤崎さんが思いついたように言った。

「薫子さんが？　屋外でおこなう肉体労働みたいですが、大丈夫ですか？」

「いや、作業に加わるかどうかはわからないけど、楮かしき自体はなつかしいだろうから。見ておきたいと思うかもしれないし」

なるほど、と思った。薫子さんからしたら、子どものころの思い出につながる風景なのかもしれない。

「いちおう祖母にも連絡しておくよ」

藤崎さんはそう言って、パソコンに向かった。


藤崎さんが声をかけたところ、薫子さんからぜひ行きたい、という返事がきたらしい。もちろん秘書の朝子《あさこ》さんもいっしょである。そしてなぜか、藤崎さんのお母さん、めぐみさんも興味を持って、同行することになったらしい。

「え、お母さまもですか？」

思わず目をぱちくりした。

めぐみさんは声楽家だ。しかもけっこう有名な。わたしも一度藤崎さんといっしょにリサイタルを聞きにいったことがあるが、はなやかで見目麗しい、まごうかたなき歌姫である。そんな人がなぜ……？

「どういう風の吹きまわしかと思ったけど、見聞を広めたい、とかいうことで。この前のリサイタルでも日本の童謡を歌っただろう？　あれが好評だったのもあるんだけど、歌っている母としても、なんだか胸の奥の蓋《ふた》が開いた、とかで……」

「胸の奥の蓋が開いた？」

「あの人は表現者だからね。説明が感覚的すぎていつも意味がよくわからないんだが……。父の通訳によると、何年かヨーロッパで暮らしているうちに、ふとなつかしくなって日本の童謡を歌ってみた、そうしたら、外国語の歌のときにはなかった強い感情が胸の奥の方から沸きあがってきた、ということらしい」

「なるほど！」

　めぐみさんはイタリア語もできるそうだが、やはり母語とはちがうのだろう。童謡というのも、子どものころに歌った記憶があるものだから、感情を強く揺さぶられる、というのはよくわかる。

「胸の奥の蓋が開いた……。なんとなくわかる気がします！」

　わたしがそう言うと、藤崎さんは驚いたような顔になった。

「吉野さんはわかるのか……。僕にはさっぱりだが、まあ、とにかくそういうことなんだそうだ。それで、その感情の正体を探るべく、日本の原風景をいろいろ見たい、という気持ちになったそうで」

「それで楮かしきを……」

「うん、手仕事の現場を見たいらしい」

藤崎さんは、母の考えることはよくわからない、みたいな言い方だったが、なんだか少しうれしそうだった。

記念館も年末年始の休館にはいり、バイトもお休みになった。母の会社や紫乃《しの》叔母《おば》さんのお店「日日草《にちにちそう》」も年末のお休みになったところで、去年と同じように母と叔母といっしょに飯田の家に行くことになっていた。

飯田の古い家はもうない。今年の秋にあたらしい家ができ、祖母も伯父《おじ》の一家も仮住まいからあたらしい家に引っ越したらしい。いとこの遥香ちゃんからは、床暖房もあってぬくぬくだよ、というメッセージが来た。

あの古い家がなくなったのはちょっとさびしいけれど、あたらしい家がどんなものなのかすごく気になる。古い家の組子障子は居間の扉に作り替えてもらったそうで、写真は送ってもらったけれど、実物を見るのははじめてだ。

休暇にはいった次の日、家の大掃除だけして、翌日の朝、母と叔母と三人で飯田行きのバスに乗った。

このところ忙しくて、叔母と過ごす機会がなかったので、最近の記念館のことを話した。記念館がなくなったあとは本社に行く、第二営業部の一角に部署を作り、注文はこれまで通り受けつけられる、と話すと、よかった、とほっとした顔になった。

「店の包装用品のこと、これまでずっと藤崎くんに頼んでたでしょう？　お客さまにも好評だし、頼めなくなっちゃったらどうしよう、ってちょっと心配だったのよ」

　そもそもわたしが藤崎さんと知り合ったのは、叔母に連れられて紙こもの市に行ったから。それ以前から叔母は自分の店の包装用品を記念館で作ってもらっていたから、藤崎さんのことはよく知っている。

「紫乃叔母さんみたいなお客さまの注文はこれまで通り受けつけられるし、サイトを充実させて、新規の方も開拓していこうとは思ってるんだ。でも、記念館ほどのスペースはないから、いろいろ不便になると思う」

「そうか、藤崎くんもたいへんだねえ」

　叔母がのんびりした口調で言う。

「けど、全然あせってる様子がないんだよ。まだまだ問題山積みなのに」

　思わず愚痴ってしまう。

「そうかあ。でも、藤崎くん、前だったら、その待遇なら会社にいる意味がない、とか言って辞めちゃってたかもしれないよ。その状況を受け入れてがんばっていこう、って思ってるわけだから、成長したってことじゃない？」

　紫乃叔母さんは笑顔でそう言った。

「でも、なんとかしないと部署自体なくなっちゃうかもしれないし」

「いまあせったってしょうがないんじゃない？」

母も少し笑って言う。

「まあ、それはそうなんだけど……」

「館長さんも、百花を安心させるために余裕のある態度を取ってるのかもしれないよ」

母が言った。

いや、それはない。藤崎さんの知識はすごいし、紙への思いの強さもわかっている。誠実だし、愛想はないけど、部下に対して威圧的な態度を取ることもない。尊敬できる上司である。

しかしなんというか、そういう気遣いをするタイプじゃない気がする。綿貫さんや関谷さんならそういうこともあるかもしれないけど。とはいえ、あせっても仕方がない、と言うのは事実である。

母は鞄《かばん》から書類を取り出して読みはじめ、叔母もタブレットでなにか調べはじめた。バスもまだまだこの先長い。わたしも鞄のなかから文庫本を取り出した。

「あれ、百花、それ柳宗悦の……」

母がわたしの本に目を留めた。柳宗悦の『手仕事の日本』。休みのあいだに読んでおこうと思って持ってきたのだ。

「そう。この前、お母さんと話して、ちょっと読んでみようかな、と思って」

「へえ」

母はうっすら含み笑いをして、書類に目を戻す。わたしも文庫本の表紙をめくった。記念館の行き帰りの電車で少し読みはじめていたので、栞《しおり》がはさんであるページを開く。『手仕事の日本』は初心者向けの民藝案内書のような本で、戦時中に書かれ、戦後出版されたのだそうだ。

序には「若い青少年を目当《めあて》に書いた」とある。ただ柳宗悦自身は「この種の書き方に慣れぬため、不充分な結果に終った」と考えていたようで、「一般の人々へ常識の本として更に役立つのかと思います」と書かれていた。

民藝とは、名もなき職人が作り出した生活道具。人の手が生み出した実用品。民藝運動は、ここに観賞用の工芸品とはちがう美を見出《みいだ》し、「用の美」という考え方を提示し、「生活のなかに美がある」と訴えた。以前大学でそんなふうに教わった。

民藝のメンバーは自分たちの足で全国をめぐるなかでそのひとつひとつと出会い、世に広めていった。この本はそうやって見出された品々を紹介し、「手の国」である日本について考える入門書のようなものらしい。

「手仕事の国」という前書と短い第一章のあと、「第二章　日本の品物」がはじまる。

東京は明治維新で西洋文化を取り入れ変革するなかで、日本古来のものを捨ててしまい、見るべきものはあまりない、とされている。

東京近郊で郷土品を比較的多く有しているのは埼玉県とあり、なかに小川町の紙の話も出てきた。「川に沿うて点々と昔ながらの紙漉《かみすき》場を見られるでしょう」「日の照る日何枚もの板に白い紙を貼って立て掛けてある様は、農村の風情を一入《ひとしお》美しくします」などと書かれ、「ぴっかり千両」という言葉も出てきた。このころはまだ小川町の紙漉きは栄えていたんだな、と思う。

関東のあと、東北、中部、北陸と各地の手仕事を紹介していく。うつわ、農具、馬具、衣類や帽子、履き物、櫛《くし》やかんざし、絵馬や玩具《がんぐ》などなど、当時は人々が自らの手で生きるための道具を作り出していた。

藤崎さんからも薫子さんからも、美濃市や小川町の和紙体験学習センターでも、戦後紙漉きがだんだん廃れていったという話を見聞きしていた。だが、この本を読んでいると、西洋化・近代化が進むなかで、戦後すぐの時点でも、すでに、日本各地の手仕事が衰退しつつあったことがわかる。

> そもそも手が機械と異る点は、それがいつも直接に心と繋《つな》がれていることであります。機械には心がありません。これが手仕事に不思議な働きを起させる所以《ゆえん》だと思います。手はただ動くのではなく、いつも奥に心が控えていて、これがものを創らせたり、働きに悦《よろこ》びを与えたり、また道徳を守らせたりするのであります。

前書で、柳宗悦はそんなふうに書いていた。「手仕事は一面に心の仕事」だとも。

記念館で働くなかで、似たようなことを何度も感じた。人の手が作ったもののうつくしさ。その言葉もよくわかる。

でも、人の手で作ったものだけでは、いまの社会を支えられない。手漉きの和紙は工場で作られた紙ほどたくさんは作れない。機械によって過酷な労働から解放された人だってたくさんいる。

だからもちろん、手仕事だけでないといけない、とは思わない。手仕事で作られたものなんて贅沢《ぜいたく》。余裕のある金持ちだけのもの。そう思う人だってたくさんいるだろう。

だけどやっぱり、手で作られたものはいい。ものの向こうに人がいるのがわかる。ものを通してその人とつながっている気がする。生きているってこういうことだ、と思う。

むずかしいなあ。絶対正しい答えなんてないんだろうけど。

民藝運動。百年も前にはじまった運動だけど、ここで提唱された価値観がいまの記念館にも流れてきている気がした。

バスターミナルで降りると、今年も遥香ちゃんが車で迎えにきてくれていた。去年と同じようにおせちの材料の買い出しを兼ねていたみたいで、車の中にはスーパーの袋がならんでいた。

飯田の家は新築ぴかぴかだった。前の古い家がなくなってしまったのを見て少しさびしくなったが、家にはいって祖母の声を聞くと、ここはやっぱり飯田の家なんだ、建物が変わっても、全部がなくなってしまったわけじゃないんだ、という気持ちになった。

居間の一部が畳スペースになっていて、組子障子はリメイクされ、仕切りの戸としてしっくり馴染《なじ》んでいる。施工業者が組子障子を見て気に入り、せっかくいいものだから、と言って、活《い》かせるように図面を変えてくれたらしい。

障子枠もリペアしてもらったそうで、見違えるようにきれいになった。ガラスを入れる、プラスチック障子紙を入れる、などいくつかリフォームの案も出してもらったようだが、結局むかしながらの障子紙を貼ることにしたのだそうだ。

ひと休みしたあと、遥香ちゃんに家のなかを案内してもらった。建物が変わって勝手はちがうけれど、寒かった台所も床暖房でほかほかになり、使いやすいシステムキッチンがはいって、母も叔母《おば》もずいぶん楽になったわね、と驚いていた。

大晦日《おおみそか》は朝からおせち作りの手伝いをしたり、居間の畳スペースで祖母といっしょに水引の箸置《はしお》き作りをした。畳スペースには掘りごたつがあって、新品の畳の匂いとあったかいこたつのおかげで、居心地満点。祖母も気に入っているみたいだ。

祖母は今年の春の記念館でのワークショップをきっかけに、市内のあちこちで水引を教えるようになった。遥香ちゃんの友だちの伝手《つて》で、中心街の雑貨店で小物を扱ってもらっているのだそうだ。

「お店で販売してるの？　すごいね。どんなものなの？　アクセサリーとか？」

記念館でも販売できるかも、と思って訊《き》いてみた。

「うん、遥香に言われて、アクセサリーっていうのもちょっと考えたんだけどね。あんまりおしゃれなのはなんか気恥ずかしいし、センスがね」

祖母が笑った。

「それで、まずは実用品って考えて、ポチ袋にしたんだよ。お正月も近いしね」

祖母は立ちあがり、部屋の隅の棚から箱を取り出してきた。

「これこれ」

箱を開け、なかから小さな包みを取り出す。

「へええ、かわいい」

包みにはいっていたのは、ご祝儀袋をそのまま小さくしたような形のポチ袋だった。折形の上に細い水引の飾りがかかっている。開くとなかにもう一枚薄いポチ袋がはいっていて、そういうところまでご祝儀袋とそっくりだった。

「ご祝儀袋のミニチュア版だね」

「そうそう。お年玉袋としてはちょっと高いんだけど、けっこう売れたんだよ。最近は子どもの数も少ないでしょう？　だから、豪華な袋にする人が多いのかもねえ。おもしろがって買っていく若い人も多いみたいで」

「なるほど。ここまでご祝儀袋そのままの形だと、渡したときに話題になるかもね」

「ＳＮＳにもあがってたんだよ。遥香に教えてもらったんだ」

祖母は自分のスマホを取り出し、画面を見せてくれた。だれかがこのポチ袋の写真を投稿していて、ハートもたくさんついていた。祖母のSNSもちゃんと続いていて、フォロワーも順調に増えているみたいだ。

「記念館でも、十二月にポチ袋作りのワークショップをしたんだよ。そのときにこれを見てたらなあ。まあ、ここまで精巧な形だと初心者にはむずかしいか」

　祖母のポチ袋をひっくり返したりなかを開けたりして観察する。来年のワークショップでこういうのができたら……。ああ、でもその前に、来年もちゃんとワークショップを続けられるのかが問題だよなあ。

「ちょっと練習すればできるようになるよ。これもね、途中からわたしひとりじゃ生産が追いつかなくなって、多津子《たつこ》さんや遥香にも手伝ってもらったんだから」

　多津子伯母《おば》さんも……。その話を聞いて、ほっとした。去年のお正月休みのときは、家の改築をめぐって、ちょっとぎすぎすした雰囲気になっていたから。あのとき多津子伯母さんを水引作りに誘ってよかった。

「多津子さんは器用だし、根気もあるし。受注分、こなせないかも、ってなったときも、いっしょにがんばってくれて。だから売り上げも山分けしたんだ」

　祖母がふふふっと笑った。

　夜はいつものように初詣《はつもうで》に行き、元日の朝を迎えた。

もう母と叔母の姿はない。起きて台所か居間に行ったんだろう。わたしも身体を起こし、布団を出た。

これまでだったら、朝は部屋のなかの空気もきんと冷えていた。でも今年はちがう。寝る前に暖房は切ったけれど、そこまで寒くない。断熱の効いた壁のおかげで、外の冷気がはいってこないからだろう。

バスで読んでいた『手仕事の日本』のことを思い出すと、ちょっと複雑な気持ちになる。むかしの家を生かしながら住みやすい家にする、なんて言ったら、とんでもないお金がかかる。生活のことを考えたら、この形しかないんだよな、と思う。

着替えて廊下に出る。

去年までは廊下の床もめちゃくちゃ冷たかったな、と思い出した。古いガラス戸からはいってきた光が廊下を照らして、格子の影がすごくきれいだった。いまはもうそのガラス戸もない。ふつうのサッシの窓にフローリングの床だ。

台所では、母と叔母が多津子伯母さんを手伝って、お雑煮を作る準備をしていた。畳スペースにいる祖母といっしょに年賀状の仕分けをしていると、遥香ちゃんが起きてくる。こういうところは去年と変わらない。

遥香ちゃんと水引のグッズの話になって、ポチ袋のあとは雛《ひな》飾りにしようと思っている、と聞いた。

「そういえば、去年ここでみんなで雛飾りを作ったよね」

みんなで梅結びを作って、それを吊《つ》るし雛みたいにつないで飾った。

「そうそう。でもあれは大きくて飾る場所を選ぶでしょう？　だからもっと小さいのを考えてるんだ。居間に飾るんじゃなくて、自分の机の上にちょこっと置いておけるような……」

遥香ちゃんが言った。

「ああ、この前作ったサンプルもあるよ」

祖母が立ちあがり、棚から箱を出してきた。

「こういうの」

そう言って、箱から小さな水引飾りを取り出す。水引一本で作った小さな梅結びがいくつか糸でつながっている。

「へえ、かわいい。これなら部屋に飾るだけじゃなくて、贈り物のラッピングにも使えるし、鞄《かばん》とかにもつけられそう」

「そうなんだよね。髪飾りにもなりそうでしょう？　小さい子が髪につけてたらかわいいんじゃないかな。金具付け替えればイヤリングにもなるかもしれないし」

「ほんとだ。和服じゃなくても合うよね。これ、写真撮ってもいい？　記念館でも販売できるかも」

「ほんと？　やった。東京進出だね！」

遥香ちゃんがにこにこ笑った。

手仕事は心の仕事。飾りを見ながら、『手仕事の日本』のなかの言葉を思い出し、小さいけれど、これも心の仕事だ、と思った。

3

東京に戻るとすぐ楮《かず》かしきの日がやってきた。ときがわ町の野木さんの工房は駅から遠く、バス便などはない。それで車を出すことになった。朝子さんの運転で、薫子さんとめぐみさん。わたしもそこに同乗させてもらうことになった。

めぐみさんと同じ車に乗る……？　あの女神のような歌姫と？　東京からときがわ町までは二時間以上かかるようで、その間ずっと狭い密室のなかで、前社長夫人の薫子さんと、歌姫のめぐみさんと過ごす。なんだかものすごく緊張する。

朝も予定よりずっと早く目が覚めた。付近に食事できるところはないからお弁当と飲み物持参と言われていたので、おにぎりと卵焼きと筑前煮《ちくぜんに》をお弁当箱に詰め、麦茶を水筒に入れて家を出た。

集合場所は薫子さんの家に近い地下鉄丸《まる》ノ内《うち》線茗荷谷《みようがだに》駅の前。春日《かすが》通りに面した歩道で待ち、拾ってもらう。車との待ち合わせだから、遅れるわけにはいかない。予定の時間の十五分前に待ち合わせ場所に立った。

でも、どんな車なんだろう？　薫子さんやめぐみさんが乗るんだから、やっぱり黒塗りの高級車？　じっと目を凝らしてそれらしい車を探したが、なかなか来ない。

時間ちょうどに、ベージュっぽい色のミニバンがすうっとわたしの前に止まった。

「百花さん、お待たせ」

助手席の窓からめぐみさんが顔を出す。

あ、こういう車だったんだ……。ぼうっと見ていると、後部座席の扉が開いた。

自動で開くのか、と思いながら、車に乗りこむ。セダンみたいに腰をかがめなくても乗れるし、車内は広々していた。

「今日はよろしくね」

後部座席に座っている薫子さんが言った。

「よろしくお願いします」

そう言って、隣に座る。シートもふかふかで座り心地がいい。

「大丈夫？　ドア閉めるね」

運転席から朝子さんの声がした。

「はい、お願いします」

ドアが閉まり、車が発進する。車のなかはしずかで、全然揺れない。

これが高級ミニバンってやつか。天井も高いし、乗り心地いいなあ。

「会社の車なの。今日は長旅でしょう、だからちょっと大きめのいいやつを貸してもらったのよ」

　薫子さんが微笑んだ。

　はじめは緊張してなにも話せずにいたが、車が首都高に乗ったあたりで、薫子さんにむかしのことを質問した。薫子さんが子どものころ、小川町がどんなところだったのか、ずっと気になっていたのだ。

「そうねえ。朝子さんには何度も話したことがあったけど、そういえばめぐみさんにもそんなにくわしくは話してなかったわよね」

　薫子さんが言った。

「そうですね、結婚前の話はあまり……」

　めぐみさんが答える。

「まあ、戦争中だったこともあるし、いい話ばっかりじゃ、ないんだけどね。退屈かもしれないけど、これも伝えておかなくちゃいけないことだから……」

　そう言って、薫子さんはむかしのことを話しはじめた。

　薫子さんが生まれたのは昭和十二年。江戸時代に栄えた紙漉《かみす》きも、明治以降洋紙の工場ができたことでだんだん数が減っていっていた。

　だが戦争によって、その状況は変わった。軍が小川紙の強靭《きょうじん》さに注目し、「砲兵紙」と呼ばれる砲弾火薬包装紙に利用するようになったのだ。

　和紙の吸湿効果で砲弾や火薬を湿気から守るもので、大きさ的にも厚さ的にも漉きやすいものだったこともあって、さかんに作られるようになった。

「それから『風船爆弾』よね。風船爆弾っていうのはあとでつけられた名前で、当時は『ふ号兵器』とか『マルふ』と呼ばれてたの」

薫子さんによれば、風船爆弾は直径約十メートル、焼夷弾《しょういだん》や爆弾を積んで水素ガスで浮かぶが、推進装置はない。太平洋上空を流れるジェット気流によって太平洋を横断する、というものだったらしい。

「これはわたしも戦後になってから博物館で知ったことなんだけどね。日本軍が小川町に気球紙の試作を命令したのは昭和八年ごろだったんですって。わたしが生まれるより前のことだったのね。東京の問屋から小川町の問屋を通して要請がきた。当時は気球に使うことは伏せられていて、ただ薄くて丈夫な紙を作れ、と指示されたみたい」

薫子さんが言った。

「軍の要請通りの紙ができるまでには何ヶ月もかかったんですって。でも、それが実用化されたのは昭和十八年五月のこと。戦況が悪化して、アメリカ本土への直接攻撃の手段として風船爆弾を使うことになった。それで、小川町には大量の気球紙の生産命令がくだされた」

気球をひとつ作るには、約六尺三寸四方の紙と約二尺二寸四方の薄紙、計六百枚の紙が必要らしい。一日五百枚の気球紙の生産を要求され、小川町の紙屋はこの作業に追われた。

できあがった気球紙は小川町や近隣町村の工場で数層に張り合わされ、強度と防水のため、柿渋を混ぜたこんにゃく糊《のり》や苛性《かせい》ソーダ液が塗られた。

「この作業は女の人がやったのよね。うちの親戚《しんせき》も何人も駆り出された。それから東京に運ばれて、日本劇場や両国《りょうごく》国技館で気球の形にする作業がおこなわれたんですって。広い作業場が必要で、小川町の施設ではできなかったから」

小川町の施設……？

ふと、和紙体験学習センターのことが頭に浮かんだ。あの施設ができたのはたしか昭和十一年。

そういえば、大学祭用の雑誌で紙作りと小川町の歴史をまとめた乾くんが、あの施設が昭和初期に軍事用品の製造に使われていたことも入れたかったけど、紙面の都合で入れられなかった、って言っていたような……。

「もしかして、いまの和紙体験学習センターも関係あるんでしょうか」

思い切って訊《き》いてみた。

「え、ええ」

薫子さんがうなずく。

やっぱり……。そうだったんだ。

「百花さん、和紙体験学習センター知ってるの？」

「はい、大学のサークルの遠足で行ったんです」

「そう。あそこはね、当時、小川製紙研究所っていう施設だったの」

薫子さんの説明によると、小川製紙研究所はもともと和紙の研究をするために作られた施設だったらしい。

明治にはいって和紙の販売も自由になり、明治三十四年、小川製紙同業組合が設立され、小川町の製紙産業は隆盛期を迎えた。当時は一〇〇〇軒以上の紙漉き屋があったのだそうだ。

ところが、第一次世界大戦から昭和初期にかけて日本経済が激しく変動し、小川町の和紙業界も廃業が相次いだ。このままではいけないと感じた県会議員の横川《よこかわ》禎三《ていぞう》氏が、和紙振興のため屋敷内に研究所を設け、組合員に向けた講習会を開くようになる。

横川氏は昭和八年ごろから県営の施設設置を求める運動を推進し、これが実を結んで昭和十一年に研究所が開設されたのだ。初代所長は和紙の先進県である鳥取から招かれ、小川和紙の名が全国的に知られるようになった。

「でもね、そのあとすぐに研究所は戦時体制に使われるようになった。風船爆弾の生産にもかかわっていたのよね」

やっぱりそうだったのか。あのとき、松下さんとわたしは、民藝運動のパネルを見たあと、染め紙を見るために岡本さんといっしょに廊下に出てしまった。あのあとにも何枚かパネルが続いていたのだ。戦争関係のことはきっとそこに書かれていたんだろう。

「あの施設は、昭和十九年には埼玉県製紙工業指導所と改称されて、本来の役割に戻ったの」

江戸時代の江戸の紙問屋との戦い、軍事利用。きれいなだけじゃない。紙の歴史には、そういうなまなましい部分もたくさんあったんだ、と思う。

「風船爆弾は、昭和十九年秋から翌年の春にかけて、千葉の一宮《いちのみや》、茨城の大津《おおつ》、福島の勿来《なこそ》から九千発も打ちあげられたのね。そのうちアメリカ本土に到達したのは、全体の一割程度だったそうよ」

オレゴン州で六名の死亡が確認され、これは第二次世界大戦中、アメリカ本土における唯一の死亡例であり、はじめての空爆被害である、とされているらしい。

「でも、推進力のない気球のようなものでしょう？　一割もアメリカまで渡った、って考えると、それはそれですごいことですよね」

朝子さんが言った。

「そうね。当時はジェット気流についてはまだきちんと解明されていなかったみたい。風船の製法もわからなかったし、アメリカ側は風船爆弾による生物兵器攻撃の可能性も考えて警戒したんじゃないか、とも言われてるの。だから、神風《かみかぜ》特攻隊と同じように、原爆投下の引き金のひとつになったんじゃないか、って」

「紙でさえ兵器になる時代だったんですね」

めぐみさんの言葉に、みなじっと黙った。

和紙が戦争の道具になった。そんなこと、いままで考えたこともなかった。風船爆弾の話は前に藤崎さんからも聞いていたのに。

「擬革原紙というのもあったわね。皮革の代用品で、防寒具の芯《しん》や靴や防毒マスクの材料になった。これは漉くのがむずかしくて、かぎられた人しか作れなかったみたいだけど。物資のない時代だったから、紙は日用品の代わりとしても使われていたのよ」

「日用品ってどんなものですか？」

「帽子、靴、布団、ランドセル……。ありとあらゆるものの代用品になった。紙漉き屋はふたたび増えて、代用品を作ることであたらしく生まれた技術もあった。でもねえ。戦争の道具だったって考えると……」

薫子さんは遠くを見た。

「戦後は復興復興で、国が豊かになることを目指して、みんな必死で働いた。うちの会社だってそう。わたしも会社を大きくするためにがんばったわよ。それが会社のため、子どもたちの未来のためになると思った。たしかに町は立派になったけど、代わりに手のかかるものはどんどん消えていった」

「和紙もそうですよね。量産ということで言うと、洋紙にはかなわないですから」

運転している朝子さんが前を見たまま言う。

「そうなの。あるとき急にそのことに気づいたのよね。三十年くらい前のことだったかな。親戚も残っていなかったから、小川町にもずっと足を運んでなかったんだけど、たまたま近くを通りかかったことがあってね。川沿いに紙を干している人たちがいたの。

それでなつかしくなって、車をとめてもらって、話しかけてみた」

薫子さんはそこで息をついた。

「よく見ると高齢の人ばっかりで、もう後継者はいない、って。わりに合わないし、先の見通しもないし、継がせるわけにもいかない。子どもたちはみんな会社員や公務員になった、って」

「たしかにわたしたちの世代には、家業を継ぐ人は少なかったような気がします」

めぐみさんが言った。

「わたし自身もそうなのよ。和紙は好きだけど、会社の業務でそれどころじゃない、って。心のどこかで、もう過去のもの、と思ってたんだと思う。でもそのとき急に、このままじゃほんとうに和紙がなくなってしまう、って怖くなった」

「それで、全国の和紙を集めるようになったんですよね」

朝子さんが言った。

「そう。需要がなかったら、生産もできない。もちろん、わたしひとりが買ってどうにかなることじゃないんだけど、できることからはじめるしかない、と思って。産地に行ってはそこで紙を買った。人々に関心を持ってもらうために記念館に展示した」

藤崎さんからは、薫子さんは和紙が好きで全国の和紙を集めていた、と聞いていたけれど、単に好きというだけではない、もっと複雑な事情があったんだな、と気づいた。

「産地をめぐって、紙漉《かみす》きの現場も見せてもらうようになった。そしたら、どんどんなつかしくなって。ずっと忘れていたのにね。子どものころの紙漉きの風景がなぜかよみがえってきて、紙はほんとにうつくしいものなんだ、ってしみじみ思ったの。どの紙もこの世から消えてほしくない、って」

窓の外を見ると、いつのまにか周囲は広々とした風景になっていた。もう川越のあたりは過ぎたのだろうか。住宅はならんでいるが、高い建物はほとんど見えない。

「でも、消えてしまった産地もたくさんある。あそこは閉じたらしい、って聞くと、遠くの星が消えたみたいで、さびしくて。自分だって長いこと和紙のことを放ったらかしにしておいたんだから、いまさらなにか言う資格なんてないんだけど」

「奥さまは和紙の保存に力を尽くしていらっしゃいますよ。記念館の継続についてだって……」

朝子さんが言った。

「それくらいしかわたしにできることはないもの。でも記念館のビルを取り壊すのを止めることはできなかった」

薫子さんの表情が曇った。

「百花さん、がんばってくれてありがとうね。無理ばかり言って……」

薫子さんにそう言われて、あわてて両手を振った。

「いえ、そんな……」

こんなふうに弱気な薫子さんを見るのははじめてで、なにを言ったらいいのかわからなくなる。

「記念館のビルが処分されることは決まってたのに、どうしてもあきらめきれなかったのよねえ。百花さんに出会えたのもうれしくて。でも……」

薫子さんが顔を伏せた。

「大丈夫ですよ、一成さんもやる気になっているじゃないですか」

朝子さんが言った。

「そうですよ」

めぐみさんも力強く言う。

「だいたい、一成はそんなに悲観的じゃないみたいですし」

「え？」

薫子さんが顔をあげた。

「何年か前の方が落ちこんでた気が……。記念館がなくなる、って話が出たころですね。館長の職もなり手がいなくて、うちでその話が出たとき、それなら僕がやるから、って。そのときはちょっとヤケになってる感じがあったんですけど」

めぐみさんが言った。

「そうなの？　館長になったのは、本社にいるのが嫌になったからじゃなかったの？」

薫子さんが驚いたような顔になった。

「まあ、それも大きかったとは思いますけど。こんな仕事、なんのためにやるのかよくわからない、ってよくこぼしてましたからねえ」

　めぐみさんが笑った。

「わたしたちも何年か日本にいなかったでしょう？　だからそのあいだのことはくわしくわからないんですけど、今回帰ってきたら、記念館、というか、和紙関係の仕事にすごく意欲を持ってて、ずいぶん変わったなあ、って」

「そうですよね。一成さん、最近、ほんとに変わったと思います」

　朝子さんも言った。

「わたしたちにははっきり言わないんですけど、なんとなく、記念館の今後のこともビジョンがあるっていうか、なんとかなるって思っているように見えるんですよねえ」

　めぐみさんが宙を見あげる。

「そうなの？」

「あの子、子どものころから変に完璧《かんぺき》主義なところがあったんですよ。確信が持てるまでは人になにも話さない。大学受験のときも志望校からなにから全部自分で決めて、人のアドバイスなんて全然聞かなかった。でもちゃんと言った通りのところにはいりましたし」

「不言実行タイプですよね」

　朝子さんが言う。

「今回記念館が三月まで、って決まったときも、妙に余裕がある感じで。晃成《あきなり》さんも驚いてたんですよ、全然動じてないな、って。完璧主義だから、自信がないときには態度に出るんです。そばで見てるとなんとなくわかります。けど、今回はそれがない」

めぐみさんはそう言い切った。

完璧主義。不言実行。たしかに藤崎さんにはそういうところがある。

じゃあ、今回の余裕がある雰囲気、あれは経営者一族だから、ってことじゃなくて、なにか目算があるってこと……？

「そろそろ坂戸《さかど》西《にし》のインターです。そこで関越《かんえつ》を降りて、あとは一般道です。予定より早く着きそうですね」

朝子さんが運転しながらそう言った。

4

高速道路を降りてからしばらくは住宅と畑ばかりの土地が続いた。途中からしだいに家がなくなり、木々と畑ばかりの風景になった。夏休みの遠足で行った小川町のあたりと少し似ている。

ときがわ町方面に向かって道を曲がったあたりから、遠くに低い山も見え出した。八高線を越えてしばらく走り、コンビニやドラッグストアなど建物がいくつかならんでいるあたりの小道にはいる。

「ここですね」

カーナビを見ながら朝子さんが言った。目の前に何台か車が止まっている。

「わたし、訊《き》いてきましょうか」

車を降りようとしたとき、建物の方から女の人がやってきて、車を止める場所を教えてくれた。指示通りに駐車し、車を降りる。

建物の前にはもう何人か人が集まっていた。

あれ？　あれは……。

思わず目を凝らす。人々のなかに見覚えのある姿があった。

「天野さん？」

人影がふりむく。

「あれ、吉野先輩」

やっぱり天野さんだ。小冊子研究会の天野さんと、天野さんがバイトしている三日月堂の店主の弓子さんが立っていた。

「弓子さんも……。楮《かず》かしきに来たんですか？」

「ええ。実はここの野木さんと活版関係のイベントで知り合って、和紙のことをいろいろ相談していたら、楮かしきがあるから手伝いに来ないかって」

弓子さんが答える。

「それで、なんだかよくわからないけど、行ってみようか、って話になったんです。先輩にもお知らせしようかと思ったんですけど、なにしろ誘われたのが一昨日《おととい》のことだったんで、さすがに急すぎるかな、と思って」

天野さんが答える。

「百花さんも、野木さんとお知り合いだったんですね」

弓子さんが言った。

「いえ、野木さんとは今日がはじめてなんです。野木さんの後輩というか、県の同じ研修を受けた岡本さんという墨流しの職人さんから誘われて。実は記念館を運営している、藤崎産業の前社長の奥さまもいっしょなんです」

そう言って、薫子さんたちの方を見ると、薫子さんがやってきた。

「こちら、物語ペーパーでお世話になっている活版印刷の三日月堂の方なんです。月野《つきの》弓子さんと、天野楓さん。天野さんはわたしの大学の後輩でもあって……」

「はじめまして。藤崎薫子です。記念館館長の藤崎一成の祖母にあたります」

薫子さんがゆっくりお辞儀する。館長の祖母……。そっちで来たか。

「館長さんの……」

天野さんが薫子さんをじっと見つめた。

「いつもお世話になっております」

弓子さんが頭を下げる。天野さんもあわててお辞儀した。

「それで、あちらがわたしの秘書の瓜生《うりゅう》さんと、一成の母のめぐみさん」

薫子さんが言った。朝子さんとめぐみさんは、さっき駐車場に案内してくれた女性と話している。

「あ、あの方が野木さんです。ここの代表の野木まさ子《こ》さん」

弓子さんがそう言ったとき、建物から岡本さんが出てきた。

「ああ、吉野さん、来てくれたんですね」

にこにこ笑いながらこちらにやってきた。

「じゃあ、これでだいたい皆さんそろいましたね」

岡本さんを弓子さんたちに紹介していると、野木さんが前に立ち、全体に向かって声をかけた。みんな話を中断し、野木さんの方を見る。

「今日はお集まりいただき、ありがとうございます。楮かしきは、むかしこのあたりの冬の風物詩でした。お正月明け、その年の紙作りのはじまりを告げる大事な行事だったんですね。今日は早朝からあちらの釜《かま》に火を入れ、皆さんがお越しになる前から楮を蒸しはじめていまして、そろそろ蒸しあがるところです」

野木さんがそう言って、建物の近くにある大きな釜を指す。直径一メートル以上もある大釜だ。まわりは布団で包まれている。隙間から湯気がしゅんしゅん出ていて、お芋のような匂いが漂っていた。

収穫された楮を一メートルほどの長さに切り、根本と先端側をそろえて釜にぎっしり詰めこむ。布団でくるみ、一時間ほど蒸すのだそうだ。

男の人たち数人で釜から楮を取り出し、水をかけた。こうすると、木の芯《しん》と皮の間に隙間ができて剥《む》きやすくなるらしい。地面に広がった敷物の真ん中にある布団の上にすばやく移動。その上にさらに布団をかけた。

「冷めてしまうと皮が硬くなって剥きにくくなるので、布団をかけてほかほかの状態を保ちます。剥くときはここから一本ずつ取り出してください。では、皆さんお布団のまわりに座っていただいて……」

野木さんに言われ、集まった人たちが動き出す。敷物の上には座布団も置かれていて、座布団の上にひとつずつエプロンと軍手がのっていた。エプロンをつけて座布団に座り、軍手をはめた。

「剥き方はこんな感じです」

野木さんがそう言って、楮を一本手に取る。

「太い方の端をひねると、裂け目ができますから、そこを起点に裂きながら引きあげて……」

そう言いながら枝の根元の太い方から引きあげる。皮がするっと分離した。

「できるだけ一枚の皮になるようにしたいので……。あまり強くめくると割れ目がはいって裂けてしまいます。だから、上に引きあげつつ、外側に向かって少し引っ張るようにしてください」

野木さんのよく通る声が響く。

「むずかしそうですね」

天野さんが小声で言った。

「できるかな」

わたしも少し心配になった。

「大丈夫。剝くのはそんなにむずかしくなかったと思う」

となりに座った薫子さんがにこにこ笑いながら、楮を手に取る。わたしもおそるおそる一本手に取り、薫子さんの手つきを真似しながら、枝をぎゅっと握って、ぞうきん絞りのように端をひねった。

「あ、裂けた」

「そうそう、そこからこうやって……」

薫子さんがするっと皮を剝く。上に引きあげながら、外側に引っ張るんだっけ。わたしもそうっと皮を引っ張った。おもしろいくらいつるつるっと皮が剝け、内側の真っ白な枝があらわれた。

「剝けた」

「わたしもです。これ、気持ちいいですね」

天野さんが言った。

「病みつきになりそう」

めぐみさんも楽しそうに笑う。

「ストレス発散にいいかもですね」
朝子さんが真面目な顔で言う。朝子さんは、有能で、隙がない。感情を顔に出すこともほとんどない。けど、もしかするとめちゃくちゃストレスがたまっているのかも……。朝子さんの整った顔立ちを見ながら、そんなことを思ったりした。

　車座になって作業するのは、なんだかのんびりしていて楽しかった。三日月堂のふたりとわたしたち以外はみんな地元の人みたいだ。野木さんがここに工房を構えてから、毎年手伝いにきている、という人もいた。

「実はわたしはこのあたりの出身じゃないんです。紙漉《かみす》きの家に生まれたわけでもなく、普通の会社員だったんですよ。仕事でこのあたりを通ることが多かったんですけど、ときどき川沿いに白い紙が干されているのを見かけることがあって、なんだろう、と思って調べたら、紙漉きだってわかって……」

　野木さんが言った。

「その姿がなんだかすごくなつかしくて、どうやったらあの仕事ができるようになるんだろう、って。それで、職人の継承者育成事業の募集があるって知って、それに応募したんです」

「わたしが受けたのと同じものですよね」

　岡本さんが言った。

「技術研修を受けて紙漉きはできるようになったけど、すぐ仕事があるわけでもなくて。伝手《つて》をたどって扱ってくれる店を探したり、内装の仕事をしたり、私生活でも子育てや親の介護もあって、ようやく数年前、ここに工房をかまえることができたんです」

「ここ、もとは給食センターだったんですよね」

岡本さんが言った。

「給食センター？」

薫子さんが訊《き》いた。

「はい。あたらしいセンターができて、ここは本来取り壊される予定だったんです。水を使う作業にはちょうどいい作りだったので、そのまま使うことにしました」

「なるほど……。給食センターは大きな炊事場ですもんね。たしかに紙漉きの作業にはむいてそう」

薫子さんがうなずいた。

「そういうわけで、もともとこのあたりにゆかりがあったわけじゃないんです。だから収穫や楮《かず》かしきのときは知人に声をかけたり、ボランティアを募集したりして、最初はけっこう苦労したんです。でも、興味を持った人が手伝いに来てくれて、なんとかなってるんですよ。杉山《すぎやま》さんみたいに毎年来てくださる方もいらっしゃいますし」

野木さんがわたしたちの向かいに座っている高齢の夫婦の方を見る。

「うちは何年か前に道の駅に貼ってあった募集チラシを見て来たんですよ。伝統行事みたいだし、なんかおもしろそうだな、って。来てみたら、大きなお釜で枝を蒸して、みんなで皮を剥いてて、ああ、こういうの、いまでもやってるとこがあるんだ、ってなんだかちょっと驚いて」

「やってみたらけっこうおもしろくてね。いまではすっかりお正月の恒例行事です。これをやらないと新年がはじまらない気がする」

　杉山さんと呼ばれた夫婦が顔を見合わせて笑う。

ねじっては剥き、ねじっては剥き、おしゃべりしながら作業が進み、たくさんあった枝はどんどん少なくなっていく。薫子さんもめぐみさんも朝子さんも、弓子さんも天野さんも作業に慣れて、すいすいと剥いている。

　雲ひとつない晴天で、空が高いなあ、と思う。冬の屋外での座り仕事。寒いだろうと思って着こんできたが、日向《ひなた》だし、作業しているせいかそこまででもない。

「なんだか、むかしを思い出すわねえ。楮《かず》かしきに楮《かず》ひき。家でよく手伝わされてた」

　薫子さんが言った。

「楮ひき？」

　めぐみさんが訊く。

「楮かしきは皮を剥くところまでだけど、このままじゃ紙の原料にはならないの。紙を作るときに使うのは、皮の内側の、この白いところだけで……」

　薫子さんが白い繊維を指す。

「外側の茶色い部分は使わない。紙によっては外皮を混ぜることもあるけど、原料はおもに白い部分。剝《は》がした皮をいったん乾かして、もう一度煮熟して、外皮を取り除く作業をする。それが楮ひき」

前に和紙体験学習センターでおじさんがやっていた作業のことだ、と思い出した。

「むかしは楮かしきや楮ひきは家族総出だったから。子どもも手伝わされてたのよね。早く終わらせて遊びに行きたいから、どんどん上達して早くなるという……」

薫子さんが笑う。

「でも、白い部分だけにすると、量はかなり少ないですよね」

朝子さんが言った。

「そうなの。枝がたくさんあっても使える部分はそんなにない」

「贅沢《ぜいたく》なものなんですねえ。だからあんなにきれいなのか……」

めぐみさんが繊維を見つめた。

「この白い繊維のなかにも細かく見ると茶色い部分があって、塵取《ちりと》りっていう作業でそれを取り除いていくの。これも根気のいる作業で……」

薫子さんが言った。

「塵取り、美濃で少しだけやりました。二日も三日もかけて塵を取っていく、そうやって真っ白い紙を作るんだって言ってました」

「川にさらして、塵取りして、叩《たた》いて、ほぐして……。白くて、均一で、手触りがいい紙を作るには、ものすごい手間がかかっていたのよね」

「この木の皮から真っ白で均一な紙を作るって、すごいことですね」

天野さんが驚いた顔になる。

「しかも、全部人の手でおこなっていたわけですから」

朝子さんが感心したように言った。

「むしろ人の手じゃないとできないのよ。洋紙の繊維にくらべて、楮の繊維はすごく長いの。だから機械では詰まってしまうし、機械だと決まった方向に揺らすことしかできないから、和紙のような繊維の絡みを作ることができない」

薫子さんが説明する。

「和紙は繊細な人の手が生み出してきたものなんですね」

弓子さんがつぶやく。

人の手が生み出したもの……。

こうやって楮を蒸して、こうやって人の手で剥《む》いて……。

——ものづくりをしている人の姿、ものに宿った手の跡に心惹《こころひ》かれる。人が生きた跡というのが、もうそれだけで胸が苦しくなるほど愛《いと》おしく思える。

父の言葉を思い出し、どの紙にもその向こうに生きている人がいたのだ、と思った。

午前中、夢中で楮の皮を剥き、お昼すぎにその日の作業が終わった。

皮は太さ別にまとめられ、片手で握れるくらいの量ずつ束ね、棒にかけた。こうやって干して乾燥させるのだそうだ。

そのまま外でお弁当を広げる。野木さんたちがあたたかい煮物をふるまってくれた。弓子さんはいろいろな具を入れた小さなおにぎりをお弁当箱に詰めて来ていた。天野さんはのり弁と卵焼き。めぐみさんはバゲットを使ったサンドイッチ。薫子さんと朝子さんは、重箱にぎっしり詰めたお稲荷《いなり》さん。

「こうやって外でみんなで食べるって、運動会とか遠足みたいですねえ」

天野さんが楽しそうに笑う。

重箱のお稲荷さんは薫子さんが作ったものだそうで、わたしもひとつ分けてもらった。味の染みたお揚げと酢飯。シンプルだけどとてもおいしい。

「来てよかったですね。無心で手を動かして、心のデトックスになりました」

朝子さんが言った。

「ほんと、楽しかった。日本の原風景に触れられた気がする。野木さんは代々続く紙漉《かみす》き屋じゃない、って言ってたけど、作業してるとむかしもこうだったんだろうなあ、って感じたし」

めぐみさんが言った。

「胸の奥の蓋《ふた》が開いた感じですか？」

藤崎さんに言われたことを思い出して、そう訊いた。

「そう！　一成から聞いたの？　あの子は全然わからない、って言ってたけど、わかるわよねえ」

めぐみさんがわたしをじっと見る。

「え、ええ、なんとなく……ですけど」

めぐみさんのうつくしい目にどきどきしながらうなずいた。

「胸の奥の蓋が開く……？」

天野さんが首をかしげた。

「それまで自分でも気づかずに胸の奥で眠っていた感覚が呼び覚まされた、ということでしょうか？」

弓子さんが言った。

「そう、それ！　そういうことよ。日本の童謡を歌ってると、海外の曲を歌っているときとは全然ちがう感情がうわ〜っとこみあげてくるのよね」

「歌……？」

天野さんがまた首をかしげる。そうか、天野さんと弓子さんはめぐみさんが歌手だって知らないんだっけ。

「めぐみさんは声楽家なんです。オペラで歌ったりしていて……」

「ええっ、そうなんですか？」

天野さんが目を丸くする。

「ここ数年はイタリアに行ってらしたんです。最近こちらに戻ってらして、この前のリサイタルでは日本の童謡を歌ったんですよ。わたしも聞きに行きました」

「日本の童謡……。そうだったんですね」

天野さんがめぐみさんをじっと見つめた。

「歌う、って素敵ですよね。わたし自身は、もう何年も歌っていない気がしますけど、子どものころ、歌っていると心が遠くに広がっていくような気がしていました」

弓子さんが言った。

「そうなの。心……なのかなあ？　それがどんどん広がって、世界と混ざり合ってくみたいな……。自分を囲んでる膜がなくなって、世界になる感じ？　自分っていうものはなくなってくような……」

めぐみさんがぼそぼそとつぶやく。

「めぐみさんはやっぱり芸術家ですね」

朝子さんが微笑む。藤崎さんが「あの人は表現者だからね。説明が感覚的すぎていつも意味がよくわからない」と言っていたのが少しわかる気がした。

でも、わからないわけじゃない。自分がなくなっていく感じ。世界に溶けこんでいく感じ。さっき楮《こうぞ》の皮を剝がしていたとき、似たようなことを感じた気がする。

「全然ちがうかもしれませんけど、わたしもさっき、楮の皮を剝がしてたとき、そんな気持ちになりました。ずっとむかしからこの作業が続いてきたんだな、って」

思い切って言ってみた。そういえば、紙漉きをしたときも似たことを感じた。岡本さんのところで墨流しをしたときも……。自分が溶けて流れ出していくような、自分の枠がなくなっていくような……。

「あ、わかる！　歌とはちがうけど、たぶんそれも似た感じなんだと思う。だんだん手の動きに集中して、自分の形がなくなっていくじゃない？」

めぐみさんがきらきらした目でみんなを見まわした。

「それなら少し、わかる気がします。活字を組んでいるときに、ときどきそうなります。目の前の活字と、そこに書かれた言葉の方に意識がはいっていって……」

弓子さんが言った。

「活字？」

めぐみさんが弓子さんを見た。

「あ、すみません、ちゃんと自己紹介してませんでした。わたしたちは活版印刷の仕事をしているんです」

そういえば、作業がはじまる前、薫子さんと岡本さんには弓子さんたちのことを紹介したが、めぐみさんと朝子さんにはまだだった。

「活版印刷？　いまどき？」

めぐみさんが目を丸くした。

「祖父が営んでいた印刷所を再開したんです。記念館にも物語ペーパーでお世話になっています」

「あ、ああ、物語ペーパーの。あれはきれいよね。そう、あれを作っている方なのね」

めぐみさんがうなずく。

「歌ってるときって、なんだろう、意識が自分の外に流れていって、いろんなことを感じるのよね。その歌が作られたときのこと、歌い継がれてきたあいだのこと。歌は、それまでその歌を歌ってきたすべての人の心をのせてる。だから豊かで、聞く人の心を揺さぶるんだと思う」

めぐみさんが言った。

「日本の童謡を歌ったとき、その感覚が自分の子ども時代の思い出に結びついて、自分のすぐ近くまで迫ってきたのよね。身近で、なつかしくて……。若いころはそういう心地よさに取りこまれてしまうのがいやで、遠くに行こう、ってあらがってたんだけど。いまはその気持ちの正体とちゃんと向き合わないといけない、って思ってる」

「気持ちの正体……」

天野さんがめぐみさんを見た。

「なつかしいものは心地よい。でも、怖い気もする。自分が溶けて消えてしまうような気がするから。なんだろう、長いこと生きてきて、ようやく『自分』ってものにこだわらなくてもいい、と思えるようになったのかな。自分は自分だけでできてるんじゃない。自分を形作っているものがなんなのか、見極めてみたい気がしてきたのかも」

めぐみさんはそう言いながら、うーん、という顔をした。

「それはもしかして、伝統を受け止められるだけの大きさが備わった、ってことなんじゃないでしょうか」

朝子さんが訊《き》いた。

「大きさ……。そこは自分でもよくわからないなあ」

めぐみさんは空を見あげる。

「けど、歌っているとき、自分がいまここに立ってる、ってことを自覚するようにはなった気がする。自分が歌うことでその歌を未来につなげてるんだ、って」

めぐみさんの話を聞きながら、ふっと『手仕事の日本』の前書のことを思い出していた。手仕事は心の仕事。柳宗悦は「手より更に神秘な機械があるでありましょうか」と書いていた。

歌う身体、作る身体。身体を使うとき、心は自分を超えてはるか遠いところまで広がっていく。それはきっと、わたしたちの身体のなかに、自分で把握しきれないほどのたくさんのものが詰まっているから。

さっきわたしたちが干した楮の皮を見ながら、いつかあれが紙になって、遠いところに行くんだ、と思った。

5

楮かしきの翌週は、岡本さん、箱職人の上野さんとの打ち合わせがあった。

閉館時間の少し前に岡本さんと上野さんがやってきた。藤崎さんは本社の会議があるため、最初だけあいさつすると、内容詳細についてはまかせます、と言って出かけていった。

館長室のソファにかけてもらい、お茶を出す。上野さんと岡本さんは初対面ということで、まずは簡単に自己紹介をお願いしてから、内容の相談にはいった。

墨流しの方は、できるだけ岡本さんがふだんおこなっているのに近い方法を用いることにした。固形の墨を磨《す》るところからはじめましょう、と岡本さんは言った。

「墨を……磨る……？」

思わず訊いた。墨汁を使うのではダメなんだろうか。

「吉野さん、墨を磨ったこと、ないですか？」

上野さんが訊いてくる。

「学校で習った気がしますけど、それははるかむかしのことで……。ふだんの授業では墨汁を使ってましたから……」

「学校の授業は四十五分とか五十分しかないですからね。そのなかで準備も片づけもして、ってなると、墨を磨ってる時間まではないですよねえ」

岡本さんが笑った。

「大人になれば筆を持つ機会自体ないし、持っても筆ペンとか」

上野さんも笑った。

「本来、墨を磨るということも心を整える意味で大事なことなんですけどね」

岡本さんの言葉にはっとした。

「心を整える？」

わたしは訊いた。

「墨液を作るだけじゃなくて、墨の香りや墨を磨る音によって心が落ち着いてくる。墨の色を見ながら、書に向かう気持ちを整える。墨は弱い力でゆっくり磨るのがいい、とされているんですね。墨と硯《すずり》が擦《こす》れる感触を楽しむ。むかしはそういうものだったんですよ」

「弱い力でゆっくり……」

「そうなんです。良い墨と良い硯を使うと、力は全然いらないんですよ。それに、硯にあらわれる石紋を観賞する、という楽しみ方もあって……」

「石紋……ですか？」

はじめて聞く言葉だ。

「天然の石を使って作られた硯には、天然の模様があるんです。乾いていると見えないけれど、水を入れると浮きあがってくるものもあります。紋にもいろいろな種類があって、塵《ちり》のようなもの、筋のようなもの、目のようなもの……。名前がついていて、貴重な紋がはいった硯はとても高価なんです」

「そういえば、以前硯の箱を頼まれたことがあって、そんな話を聞きましたねえ」

上野さんが言った。

「墨を磨るときは、まず水を入れるでしょう。水を入れると石の色が変わるんですね。その景色を楽しむ。それから墨を磨る感触、濃くなっていく墨の色、墨の匂い、墨を磨る音を楽しむ。もうそこから書がはじまっている。その行為がないと書に向かう気持ちが高まっていかないように思います」

「岡本さんはお母さまの教室で書道を習ってらしたんですよね」

「ええ。よく考えると、墨流しに惹《ひ》かれたのも、子どものころの体験のせいかもしれません。墨を磨っているとき、水のなかに墨が溶け出していくのがきれいで、よくながめていたんですよね。不思議だなあ、って磨るのを忘れて見入ってしまって……」

岡本さんが笑った。

「わたしは小学校から高校まで学校の授業で習っただけで……。でもそのときはお手本通りに字を書くことしか考えてませんでした」

わたしは正直にそう言った。

「書道ってほんとは形を真似るためのものじゃないんですよね。子どものころ母によく言われたのは、形が整っているかより、書に向かうときの姿勢と言いますか、気持ちがはいっているか、力がこもっているか、というような……」

「わかるんですか？」

驚いて訊いた。

「わかるんですよ。自分の子どもだから、ってわけじゃなくて、教室に来てるほかの子たちのことでもね。いやいや書いてるとか、惰性で書いてるとか、字を見ただけでわかるみたいで、みんな、見抜かれてる、ってびくびくしてましたから」

岡本さんが笑いながら言う。

そういうものなのか。書道を習っている松下さんからも、字は上手《うま》い下手じゃない、って聞いたことがあったけど、くわしく話したことはなかった。

「やっぱり、文字には心があらわれるんですかね。いえ、その硯の箱を頼んできたのは書道用品のお店を営んでいる方で、ご自身も書をたしなまれるとかで……。その人がそんなことを言ってたんですよねえ」

文字に心があらわれる。そういえば、前に記念館の常連で、童謡の一節を書にあらわしている柳田《やなぎだ》さんもそんなことを言ってたっけ。

展覧会に飾られた柳田さんの作品。文字を見ていると歌詞が頭によみがえり、海や夕焼け空が頭に広がった。めぐみさんの歌と同じように、胸の奥にはいってきて、さざなみのように心が揺れた。

――手仕事は一面に心の仕事。

また『手仕事の日本』の一節を思い出す。手と心はつながっている。書もまたそういうものなんだ。パソコンのフォントや活字のような決まった形ではなく、その人だけの勢いがあり、癖がある。声もそうだ。記された文字とちがって、声にはその人の息遣いや抑揚がある。

「ワークショップのときには、わたしがいつも使っている墨と硯を持ってきますから。それで墨を磨る感触も味わってもらって、それから墨流しに取りかかる。墨流しにはなによりゆったりした時間が必要なんです」

「わかりました。そうなると、いつもより時間も長めに取りたいですね」

岡本さんのレクチャーはいつものように三十分だが、体験の時間は二時間取った。時間がかかるので、人数も少なめの設定だ。

「二回続けて来るのが条件で、ふだんのワークショップより価格も高めに設定しますから、参加希望者の数はかぎられると思いますが」

「そうですね、本気の人しか来ない」

岡本さんはそう言って、少し笑った。

「まあ、それくらいの方がしっかりできて、いいんじゃないですか。わたしの箱作りの方も、ちょっと本気の内容にしましょうかね」

上野さんも楽しそうに言う。

「糊《のり》もちゃんと膠《にかわ》を使って」

「膠？」

そういえば前に自分で箱を作ったとき、本来膠を使う、と読んだような……。でも膠なんてどこで買ったらいいのかわからず、スプレー糊を使ったんだっけ。

「膠って、そもそもなんなんですか？」

「膠はね、豚の骨や皮などを溶かして作った糊なんですよ」

上野さんが笑った。

「豚の骨や皮……」

「ふつうはお目にかかることのない素材ですからねえ。でんぷんを使った糊とちがって、固まるとハリが出るんですよ。それに、熱で溶かせるんです。だから、紙が浮いてしまった、なんていうときにも、アイロンで押さえて修正できます」

「それは便利ですね」

「本格的な貼り箱を作りましょう。墨流しの紙を生かすために、形はあまり凝らずに……。文箱《ふばこ》はどうですか？」

上野さんが言った。

文箱？　文箱ってなんだっけ？

「文箱、いいですね」

わたしが訊くより早く、岡本さんが答えた。

「あの、すみません。文箱って……」

おそるおそる訊く。

「文庫箱、という呼び方もあります。これくらいの長方形のかぶせ箱で、漆塗りの木の箱とか……」

「ああ、なるほど」

なんとなくわかった。藤崎さんのデスクのうしろの棚にもそんな箱があった。すぐにお礼状を書けるように、何種類かの便箋《びんせん》、封筒、筆記用具がまとめられていた。

「文箱っていうのは、もともとは書状を入れる箱のことだったそうです。むかしは相手に書状を届けるとき、箱に入れて運んだんだそうで、江戸時代には蒔絵《まきえ》や螺鈿《らでん》のほどこされた豪華な飾り文箱を嫁入り調度品として持たせるようになった。大きさや用途もいろいろで、それぞれ名前がついていたそうです」

手紙を箱に入れて届ける……？　時代劇で見たような……。

「いまは紙製のものもよく見かけますよね。漆紙とか、型染めの紙を使ったり。皆さん、自由に使ってますよ。大事なお手紙を保存するとか、手紙を書くときの道具をまとめて入れるとか……。裁縫箱としても使えますし」

岡本さんがつけ加える。

「シンプルな箱の方が用途が広がりますし、いいと思います」

わたしはそう言ってうなずいた。

あまり変わった形の箱だとものが入れにくい。箱を集める癖のあるわたしの経験からも、結局使い勝手がいいのは適度な大きさの四角い箱だと思った。

「せっかく墨流しをするんだから、大きな面をそのまま活《い》かした方がいいと思うんです。墨流しの紙を使うのは蓋《ふた》だけにして、下の箱は別の紙でもいいですし……。ところでまだ岡本さんの墨流しの作品を見ていないんですが」

上野さんが言った。

「そうでした！　今日持ってきてます」

岡本さんがポートフォリオを取り出した。

岡本さんの作品を使って上野さんに箱を試作してもらい、写真を撮って告知に使う予定で、今日は作品を持ってきてもらうことになっていた。

岡本さんがポートフォリオから紙を取り出す。藤崎さんが幽玄と表現した作品が次々と机にならんだ。

「うわあ、すごい迫力だねえ」

上野さんが声をあげる。

「そうですか？」

岡本さんがにこにこ答えた。

「密度が高いというか、自然そのままがうつしとられているというか……。これまでに見てきた墨流しとは一味も二味もちがう。切って箱にしてしまうのがもったいない気がしてきた。こりゃ、失敗できないな」

上野さんが笑った。

「上野さん、いつも失敗なんかしないじゃないですか」

「そんなことないよ。ここの仕事はいつもむずかしいから。ほんとに緊張するんだ。この前の透かし模様の紙を使った小箱もえらく大変で……」

上野さんが眉《まゆ》をへにょっとさげた。透かし模様の小箱というのは、彫金を使ったアクセサリーブランド「shizuku」の「garden diary」シリーズ用の箱のことだ。蓋の上面に茂みのような透かし模様の薄い和紙を使っている。

「透かし模様の紙？」

岡本さんがわたしを見た。

「はい、アクセサリーを入れるための小箱で……。どこかにあったと思うんですけど」

館長室の棚を探し、小箱を取り出した。

「へえ、こんな繊細な……」

岡本さんに手渡すと、驚いたように箱を見た。

「これで箱を作るなんて、すごい技術ですね」

「いや、引き受けちゃったから作ったけど、もうほんと大変で」

上野さんが苦笑した。

「でも、まあ、記念館からはおもしろい仕事がくるからね。館長さんから頼まれるたびに、この人はほんと鬼だなあ、って思ったもんだけど、最近はもうひとり小鬼が増えちゃったから」

　上野さんがわたしを見た。

「え、わたしですか！」

小鬼〜？　藤崎さんが鬼はわかるけど、わたしは……。

「館長さんのはできるできないがわかっての無茶振りだけど、小鬼くんの方は思いもよらないことを言ってくるからなあ」

「ええー、すみません！」

思わず頭を下げる。なにもかも単なる思いつきで、むずかしいかどうかなんて考えたこともなくて……。

「でも、少しずつ勉強してますから……」

「いやいや、いいんだよ、おもしろいから」

　上野さんが笑った。

「まあ、あの透かし和紙の小箱が作れるところはそうそうないと思うけどね。今回はお客さんに教えるわけだから、さらに緊張するなあ」

「墨流しは一点ものですしね。同じときにやっても、タイミングがちょっとちがったら全然別の模様になる。同じ模様は二度とできない」

「そうか、そうだよなあ」

「じゃあ、墨流しはひとり二枚ずつ作りましょうか。二枚のうち気に入った方を箱にしてもらう。万が一失敗した場合はもう一枚を使う。一枚でうまくいったら、もう一枚の方はそのまま持ち帰ってもらう」

「まあ、そうしておけば少しは安心だね」

　上野さんがうなずいた。

　翌日、藤崎さんに打ち合わせで決まったことを報告した。

　日程については、二月は第三土曜日が十五日と早く、準備の都合で翌週、二十二日の土曜。今年はうるう年で、三月は二十一日が第三土曜だ。翌週の二十八日はもう閉館の準備に追われているだろうから、そのまま二十一日の開催とした。レクチャーと講習で二時間半あるので、十一時から一時半、二時から四時半の二回制。

　また、二月のワークショップの前後二週間は、入口近くの壁面を使って、岡本さんの作品の展示を行う。

　記念館最後のワークショップだし、二ヶ月連続の大がかりな企画でもある。藤崎さんの提案で、しっかり動画で記録を取り、完成した作品とともにサイトに公開しよう、ということになった。

　翌週には、岡本さんの墨流しの紙を使って上野さんが作った文箱の試作品も仕上がってきた。Ｂ５サイズほどの箱だが、素晴らしい出来栄えだった。

蓋の外側は上面だけ墨流しの紙、側面には黒く染められた和紙、内側には白い和紙。そして、真ん中に細くテープ状に切った墨流しの紙が貼られている。身は外側は黒、内側は白のシンプルな形だ。

――蓋の側面にも墨流しを貼ると箱が小さくなってしまうので、この形にしました。黒で縁取りした方が際立つかな、と思って側面は黒にしましたが、白も選べるように、紙は二種類用意します。身の方の紙も同様です。

　そういうメモ書きがはいっていた。

「素敵ですねえ」

　うっとり箱を見ていると、上野さんの笑顔が頭に浮かび、小鬼と呼ばれたことを思い出した。

「うん。なかなか洒落《しゃれ》てるね」

　藤崎さんも満足そうな顔だ。

　この人が鬼っていうのはわかるんだけどな。なんでわたしが小鬼なんだ。解せない。

　だが、この箱はすごく素敵だ。こんな箱ができたら（ここまでうまくできないとしても）、参加者もみんなすごく喜ぶだろう。

　岡本さんの墨流しは神秘的で、見ていると吸いこまれそうになった。

川越の工房で墨流しをさせてもらったときのことを思い出した。水の渦のような、深い霧のような世界に迷いこんでいく感じ。現実世界から離れて、心だけ別の世界に漂っているような。

春がすみなかし通路《かよいじ》なかりせば秋くる雁《がん》は帰らざらまし

岡本さんが最初に記念館に来たときに教えてくれた和歌が頭に浮かぶ。岡本さんは墨流しは霞《かすみ》のなかを飛んでいく雁の動きと重ねられている、と言っていたけれど、この墨流し自体が靄《もや》や霞みたいだ。

春霞《はるがすみ》の文箱。

その名前が頭に浮かんだ。

「ワークショップのタイトル、『春霞の文箱』はどうでしょうか？」

藤崎さんに訊《き》いた。

「春霞……。ああ、なるほど、在原滋春の歌とかけてるんだね。なかなかいいじゃないか。二月三月のワークショップだから季節も合ってるし、岡本さんの作品の雰囲気に通じるところもある」

あのときわたしの墨流しも、最初に記念館でしたときとはちがって、岡本さんのと同じとは言わないが、靄のような雰囲気になった。とらえどころのない、自然が作った形。ワークショップでどんな作品がならぶのか、いまから楽しみだった。土曜の二回だけだから合作業にかかる手間も考え、参加者は各回十五名に限定した。

計三十名。でも、二月三月連続企画で一回ごとの時間も長い。気楽に応募できる感じじゃないから、このくらいで大丈夫だろう、と思った。

あかるいうちに箱の写真を撮り、記念館が終わったあとワークショップの全容を説明する文章を作成し、サイトにアップした。

6

家に帰って、母と夕食をとりながらニュースを見ていると「新型肺炎国内三人目の感染者確認。武漢《ぶかん》から旅行で来日中の女性」という報道が流れた。

年末から報道されていた新型コロナウイルスのことらしい。中国の武漢市で大流行し、たいへんなことになっているのは知っていたが、今年になって、日本国内でも感染者が確認された、という報道が出はじめていた。

——中国の旧正月「春節」で、今後も大勢の中国人観光客の来日が予想されることから、宿泊施設に対し、せきや発熱などの症状がある観光客がいた場合、マスクを着用して医療機関を受診するよう呼びかけてほしいとしています。

アナウンサーがそう言って報道を締めくくる。

「大丈夫かなあ」

なんとなく不安になって、つぶやいた。以前ネットで見かけた武漢の映像が衝撃的で、東京もあんなふうになってしまったら、と思った。

「いまはそんなに心配しなくてもいい気がするけど……。でも正体がわからない病気だから怖いわよね。しばらくは出かけるときはマスクしといた方がいいかも」

「そうだね」

大学の授業は今週で終わりだし、出かけるところと言ったら当面記念館だけだけど……。国内で見つかった、と言っても、みんな中国から来た人みたいだし、ほかにうつってないなら大丈夫なのかな。

テレビの画面は天気予報に切り替わっていて、食事を終え、片づけをしたあと母とテレビを見たりしているうちに、そのことはなんとなく忘れてしまった。

ワークショップは参加者が集まるのに時間がかかるかも、と思っていたが、募集がはじまると三十名すぐに埋まってしまった。

岡本さんは、記念館のバットは墨流しをするには小さすぎるし、ひとつのバットで十五名の墨流しをするのは時間がかかりすぎる、と言う。自分のところに体験教室で使っているバットが三つあるから、それを持っていきます、と言っていた。

机を三つ設置して、その上にひとつずつ水を入れたバットを置く。各机に、ひとりずつサポートスタッフをつけることにして、墨流しの基本的な動きを理解してもらうため、あらかじめスタッフ向けの講習をおこなうことになった。

ひとりはわたしとして、あとふたり。すぐに松下さんの顔が浮かんだ。松下さんなら書道も習っているし、岡本さんの話にも興味を持っていた。川越の工房に行って墨流しをしたと話したときも、わたしも行きたかった、と悔しそうに言っていた。

もうひとりは……。やっぱり莉子かな。春休み中は就活関係で忙しくなりそう、と言っていたけど、記念館最後のワークショップだし、莉子にいてほしい気がする。

松下さんに声をかけると、すぐにＯＫの返事が来た。莉子はすでにいくつか予定がはいっているみたいだったが、記念館最後のイベントなんでしょ、それは協力するよ、と言って引き受けてくれた。

もう春休みにはいっているから、平日も授業はない。四人で予定をすり合わせ、平日の午後に記念館のレクチャールームで講習を受けることになった。

バットは当日ワークショップで使うものを先に送ってもらい、練習にもそれを使うことにした。たしかに、川越の工房にあるものとくらべると小さいが、記念館の倉庫にあったバットよりはかなり大きい。

岡本さんが出張教室で使っているもので、終わったあとは底から水を抜けるようになっている。

講習の日はバットをひとつだけ出し、水を入れた。準備が整ったところで、岡本さんがワークショップで使う資料を使って墨流しの基本を説明し、自分の作品を何枚か机に置いた。松下さんは作品に見入って、素敵ですねえ、とため息をついた。

「わたしのワークショップでは、いつも墨を磨《す》るところからはじめることにしていて、今回もまず墨を磨ります」

岡本さんは鞄《かばん》から箱をふたつ取り出した。

「当日使う硯《すずり》を持ってきました。こちらもワークショップまで記念館に置いておいていただければ」

「工房で使わないんですか？」

「うちにはほかにもあるので、大丈夫ですよ」

岡本さんが箱を開け、硯を取り出す。片方は四角く、もう片方は不定形な形で上の方に彫り物がしてある。

「こちらの四角いのは坑仔岩《こうしがん》、楕円《だえん》みたいな形のは老坑《ろうこう》です」

岡本さんは硯を指しながら言った。

「老坑？　坑仔岩？　なんですか、それ」

莉子が訊いた。

「硯の産地ですね。どちらも有名ですよ」

松下さんが言った。

「すごい立派ですねえ。わたしたちが習字の授業で使っていたものとは風格が全然ちがう、っていうか」

莉子が感心したように言って、硯をじっと見た。

「そうしたら、ちょっと磨ってみましょうか」

岡本さんが墨を取り出し、楕円っぽい形の硯に少し水を入れた。

「ほら、わかりますか。水で濡《ぬ》れると、石紋が出るんですよ」

「ああ、この前上野さんと話していた……」

「そうです。見えますか？　ここにうっすら筋のようなものが……」

よく見ると、乾いていたときにはわからなかったかすかな模様が見えた。

「硯の石紋をながめて楽しむ文化もあるらしいよ」

「石紋を楽しむ……。それはまたすごい世界だね。仙人みたいだ」

莉子はわかったようなわからないような、という顔になる。

「なかなか奥の深い世界なんですよ」

松下さんが笑った。

「松下さんは子どものころから書道を習っているんです」

わたしは岡本さんに説明した。

「そうなんですか。じゃあ、墨を磨るのは慣れてますよね。当日は、墨はこのふたつの硯を使って皆さんに交代で磨ってもらおうと思っているんですが、ひとつをおまかせしてもいいでしょうか」

「はい。ふつうの磨り方でいいんですか」

松下さんが訊《き》く。

「大丈夫です。じゃあ、磨ってみますね」

岡本さんが墨を手に取り、磨りはじめる。しずかに、ゆっくり。力がはいっている様子はなく、なめらかに動いている。

「むかしから、硯に墨の重さしかかからないほどの弱い力で磨るのが良い、と言われているんですよ」

「ええ？　そうなんですか？　子どものころは力を入れてごしごし磨ってた気がしますけど」

莉子が目を丸くした。

「病人や幼女に磨らせると良い、って言われるみたいですよ」

松下さんが言った。

「皆さんも磨ってみてください」

岡本さんが墨を置き、席を立つ。莉子が代わりにその席に座り、おそるおそる墨を手に取り、硯にあてた。

「力を入れない……」

つぶやきながら、すうっと墨をすべらせる。

「おおお、なめらか……！」

莉子がそのまま墨を前にすべらせる。

「あ、そこで止めてください」

松下さんが言った。

「そのくぼんでるところは『海』といって、磨った墨をためるところなんです」

「海……」

莉子が顔をあげ、松下さんを見る。

「そうですね。海では墨を磨らないんですよ。水を足して、墨が増えていくと、自然と海に流れこんでいきますから」

岡本さんが言った。

「そういうものなんですか。子どものころは、この坂になってるところでゴシゴシ磨ってたんですけど、全然ちがうんですね」

莉子がもう一度墨を持ち、神妙な顔で磨りはじめる。その日は雨で、外からの雨の音と莉子が墨を磨る音だけが聞こえた。

「そのくらいでいいですね。そうしたら、吉野さんに交代してください」

岡本さんに言われ、莉子が席を立つ。

「けっこう気持ちよかったよ。いつのまにか集中してた」

莉子がわたしに言う。交代して席につくと、岡本さんが硯に少し水を足した。

墨を手に取り、硯に当てる。

弱い力で、しずかに……。心のなかでそう唱えながら墨をすべらせる。

あっ。声が出そうになった。たしかになめらかだ。

全然力を入れていないのに、墨が磨れるのがわかる。こすって削るのとはちがう。墨が自分から溶けていくような……。

墨液は黒くなるだけでなく、だんだんねばりを帯び、墨のいい香りが漂ってきた。すうっと墨が海に流れていく。

「そのくらいでいいですね。墨流しするにはこのくらいの量があればじゅうぶんですから」

岡本さんに言われ、我にかえった。

「墨を磨っただけなのに、別世界に行ってたみたい……」

「たしかに、深いね」

莉子がうなる。

「でも、絶対これ、わたしたちが子どものころ使ってた墨と硯とは別もんだって。こういうので磨ってたら、わたしも書道好きになってたかも」

「そうですね、墨と硯の質っていうのは、たしかにありますね」

岡本さんが笑った。

それから、実際に墨流しをしながら、墨流しの方法を教わった。墨の置き方も自由でいい、ムクロジの液は使っても使わなくてもいい。楊枝《ようじ》のようなものでひっかいてもいいし、息をそっと吹きかけることで動きを出してもいい。

墨の自然な流れを楽しむものだから、そこは自由でいい。気をつけなければいけないのは、紙を水に置くときと引きあげるとき。とくに水に置くときだ。模様は一瞬で紙にうつるから、揺れずにできるだけさっと置く。

莉子も松下さんもわたしも、最初はおっかなびっくりだったが、三枚、四枚とくりかえすうちになんとか慣れた。松下さんは、こんなに何枚も墨流しができるなんて、と喜んでいた。

ワークショップの流れも確認し、あとは当日を待つのみ、となった。

二月にはいるとニュースは新型ウィルスのことで持ちきりになった。

横浜《よこはま》港にはいったクルーズ船の乗客に感染者が出たこともある。船内では検査が続き、乗客は下船できなくなっている。二月十三日には国内で初の死者が出た。緊張感が高まり、マスクをつけている人が目立つようになった。

二月のワークショップ前日、数人から欠席連絡があった。新型ウィルスに関係あるのかはわからないけれど、高齢者や持病のある人のなかには外出を控えている人もいるらしい、と聞いていたから、そういうことなのかもしれないな、と思った。

当日、朝の九時に岡本さんがやってきた。なんだか変な状況になってしまって、怖いですね、と言ってはいたが、いつも通り落ち着いている。午前中の準備から手伝いをお願いしていた莉子や松下さんもやってきた。

ワークショップのスタートはいつもより早い十一時。準備であわただしくなるのが予測できたので、記念館の受付は藤崎さんにお願いしていた。

計画した通りの形に机をならべ、それぞれの机に大きなプラスチックのバットを置いて、水を入れる。硯《すずり》や墨、小分けにしたムクロジの液、筆や楊枝。道具と紙を各机にそろえ、時計を見ると、開場まで三十分もなかった。

レクチャールームの扉を少し開けて館内を見ると、来館者も心なしか増えていた。入口近くでおこなわれている岡本さんの作品の展示にも人だかりができている。その人だかりを抜けて、石井さん、鈴原さん、中条さんがはいってきたのが見えた。

「こんにちはー」

三人はまっすぐレクチャールームにやってきた。

岡本さんに三人を簡単に紹介する。小川町の遠足のときに一度顔を合わせているので、岡本さんもなんとなく覚えていたみたいだ。

「じゃあ、中条さんは記録、石井さんは記念館の受付、鈴原さんはワークショップの受付をお願いします。今日は写真と動画、二種類の記録を取るので、鈴原さんは受付が終わったら、中条さんの手伝いをお願いします」

みんなワークショップのバイト経験者なので、要領はつかんでいる。了解です、と言ってすぐに持ち場にはいってくれた。

参加者が席につき、藤崎さんのあいさつのあと、岡本さんのレクチャーがはじまった。

スクリーンに水面の映像が出る。筆で墨を落とし、墨がゆらりと広がっていく。参加者はみんなじっと黙り、その動きを見つめている。墨の動きは不思議で、うつくしい。炎のゆらめきとも似ている。理屈ではなく、人の心をとらえてしまう。

スライドを見ながら、墨流しの歴史や、時代ごとの墨流しの特徴に関する説明が続いた。となりの松下さんもじっと聞き入っているのがわかる。

「では、説明はこれくらいにして、実際に墨流しをしていこうと思います」

スライドが終わって電気がつくと、岡本さんがそう言った。

「墨流しの材料は簡単です。まずは水。皆さんの目の前にあるバットを用います。そして、墨。ムクロジの液。これだけです。今日は、墨の感触を味わっていただくために、墨を硯で磨《す》るところから、皆さんに体験していただきます」

岡本さんと松下さんがふたつの机の上に置かれた硯に向かって座った。

「墨を磨る行為は、皆さん習字の授業などで経験したことがあると思いますが、日常的に墨を磨るという方は、あまりいらっしゃらないのではないでしょうか」

岡本さんがそう言って、参加者を見渡す。

「どうですか？　最近墨を磨った、という方はいらっしゃいますか？」

岡本さんが問いかけると、みんな顔を見合わせながら首を横に振った。若い参加者のなかには、一度も磨ったことがない、という人もいた。

「磨ったことがある人も、感触を忘れてしまっているんじゃないかと思います。なかなか気持ちの良いものなんですよ。ちょっとやってみますね」

岡本さんと松下さんが硯に少し水を入れ、しずかに墨を磨りはじめる。墨を磨るかすかな音がした。ひとりずつ順番に墨を持ち、少しずつ磨った。

みんな、なめらかな感触で気持ちがいい、記憶していたのと全然ちがう、落ち着く、など、講習のときのわたしたちと似たような感想を口々に漏らしている。

墨を磨ったことで、場の空気ががらっと変わった。

ここに来たときはふわふわと落ち着かない雰囲気の人が多かったのに、いまはみんな集中しているのがわかる。

墨の力は偉大である。

「では、いよいよ墨流しをしてみましょう。皆さん、こちらのバットのまわりに集まってください」

岡本さんの言葉に、みんなそろそろと移動する。

川越でおこなったのと同じように、岡本さんが手本を見せてくれた。参加者はみなじっと水面に広がる墨を見つめ、息を詰めてその動きを目で追っている。

岡本さんが紙を手に取り、さっと水の上に置く。四方をおさえてからすうっと水から引きあげる。煙や靄《もや》をそのまま封じこめたような模様がついていた。みんな、おおお、としずかにどよめいた。

「墨流しは自然をそのままうつしとるようなものです。西洋のマーブル模様は知ってますか？」

岡本さんが参加者を見まわす。何人か、知ってます、と答え、教室で体験したことがある、と答えた人もいた。

「マーブルはもっと粘度の高いゲル状の液体で作るので、形を操りやすく、意図した模様を作ることができます。でも墨流しは水の上でおこないますから、形をとどめることはできないんです。瞬間ごとに形がどんどん変わっていってしまう。自然そのものです。でも、そのこと自体を楽しむのが墨流しなんです」

岡本さんがそう言うと、参加者はバットの水と紙にうつしとった模様を見つめた。

「そうしたら、順番に墨流しをしていきましょう。ひとり二回ずつおこなっていきます。続けて二回ではなく、最初に一枚ずつ一巡してから、二巡目にはいります。各机にバットがありますから、先ほどの席に戻って、それぞれの机のバットを使ってください」

岡本さんに言われて、わたしたちも自分が担当する席に移動した。

ひとりずつ墨流しを体験し、二巡する。墨を置くときに考えこんだり、じっと観察したりして、みな想像より時間をかけている。

結局、全員二巡したときには、予定していた時間ぎりぎりになってしまった。午前の回は三人欠席で、各テーブルひとりずつ減っていたのでなんとかおさまったが、予定通りの人数が来ていたら時間が足りなくなっていたかもしれない。

なんとか十分オーバーで終了。受付に頼んで開場時間を少し遅らせてもらい、あわてて水を入れ替え、十分前に開場した。

二回目の参加者も四名欠席。久住さんや、hiyori の竹本さん、文字箱の井上さんもやってきた。

岡本さんはレクチャーを少し急ぎ目にしていたが、やはり少しだけ時間はオーバーしてしまった。とはいえ、参加者の満足度は高かったみたいだ。

墨流しは、同じ場所で同じ墨、同じ紙を使っておこなっているのに、なぜか人によってまるで雰囲気がちがう像があらわれた。不規則な形だが、個性のようなものがある。参加者同士、おもしろいですね、と言い合っていた。

最後のワークショップということで記念館に思い入れのあるお客さまが多かったからかもしれないが、岡本さんの展示も含め、アンケートはおしなべて高評価だった。

岡本さんは箱作りのときも来てくれるらしい。どんな箱ができるのか楽しみですね、と言って帰っていった。

7

だが、二月も末になると、世の中の雰囲気がだいぶ変わってきた。国内でも感染者が出はじめ、当面閉館とする博物館、美術館も増えてきた。三月にはいると全国の小・中・高等学校も休校になり、大学からも無用の外出を控えるよう通達があった。

ゼミやサークルの集まりは次々に中止になった。小冊子研究会の送別会も、ゼミの食事会も中止と決まった。企業の就職説明会も中止になったり延期になったりしているようで、森沢先輩も会社から入社式がどうなるかわからないと連絡があったみたいだ。

世の中もなんだかおかしくなっている。薬局でマスクが品切れになり、なぜかトイレットペーパーやティッシュペーパーもなくなってしまった。どこを探しても売ってない、と母も叔母《おば》も言っていた。

二月末、ＳＮＳ上で「トイレットペーパーはマスクと同じ材料だから必ず不足する」「中国から原料が輸入できなくなる」などという憶測が飛び交い、不安に思った人が買い占めに走っている、ということのようだ。

メーカーは、トイレットペーパーとマスクの原料はちがう、日本のトイレットペーパーはほとんどが国産原料、と説明しているようだが、買い占めが加速してどこに行っても手にはいらない状態になってしまった。

——人ってどうして不安になるとトイレットペーパーを買い占めるのかしらねえ。オイルショックのときもそうだった、っていうけど。

——震災のときにもあったわよね。

——あの時は物流の影響で、ほんとに品薄になってたでしょ？　今回はどう考えてもちがうじゃない。

母と叔母もそうぼやいていた。

母と叔母が近所を何度もまわり、ようやくマスクとトイレットペーパー、アルコールの除菌グッズを手に入れてきて、いまはそれを分け合ってなんとかしのいでいる。

記念館は規模が小さいこともあって開けているが、客足はあきらかに減っていた。

一月に中国のニュースを見たときは海外の話だと思っていたし、二月のワークショップのときもすぐにおさまるだろうと思っていた気がする。まさかこんな大ごとになるなんて、想像もしていなかった。

どうなっちゃうんだろう。三月のワークショップは開催できるんだろうか。

ワークショップだけじゃない。三月最後の一週間はさよならイベントとして、レクチャールームに記念館や藤崎産業の歴史について展示するつもりで、準備を進めていた。でも、卒業式も開催できるかわからない状態なのだ。記念館もイベントどころか、このままでは開館することすらできなくなるかもしれない。そうしたら、記念館はそのまま閉館、ビルの取り壊しがはじまる、っていうこと？

せっかく準備したワークショップも、閉館イベントも無理なのか。

どうしてこの時期にこんなことになっちゃったんだろう。理不尽で、悔しかった。

ワークショップを控えた火曜日の夕方、記念館を閉めて館長室に戻ると、本社に出かけていた藤崎さんが帰ってきた。

「吉野さん、ちょっと話があります」

わたしの顔を見るなり、そう言った。いつもよりさらに険しい表情で、嫌な予感がした。藤崎さんにうながされ、ソファに座る。

「単刀直入に言います。今週末のワークショップは中止と決まりました」

藤崎さんは無表情に言った。

「中止……」

予測していたことだった。できるはずがない、とわかっていた。

だが、なぜかそれを聞いたとたん、胸がぎゅっとなり、唇が震えた。鼻の奥がつんとなり、涙があふれてくる。

仕事中なのに。こらえなければいけない、と思ったが、おさえることができなかった。

「そして、記念館は明日《あした》から休館と決まりました」

それもそうなるだろうと思っていた。いまは舞台公演も中止、映画館もすべて閉まっている。博物館、美術館も臨時休館が相次いでいた。

「いつまで……なんでしょうか」

顔をあげ、ようやくそれだけ訊《き》いた。

「それはなんとも言えない。だが、いまの状況だと三月中に開館することはたぶん無理だと思う」

「そうですか……」

膝《ひざ》の上で拳《こぶし》をぎゅっと固め、うつむく。

三月中に閉館することはたぶん無理。つまりレクチャールームでの展示も閉館セレモニーも中止、ということだ。

すぐに収束しないことはわかっていた。一ヶ月？　二ヶ月？　博物館や美術館は五月の連休になってもあけられないかも、という噂を聞いていた。

先がある施設はそれでいい。いつか再び開けることができるんだから。でも、記念館はこの三月で終わりなんだ。明日で閉めて、それで終わりってこと？　閉館セレモニーもなにもなく？

「どうして……。どうしてこんなことに……」

思わず声が出た。藤崎さんは黙っている。

なんでいまなのか。せめてもう少しあとだったら。そんなことを言ったって仕方がないのはわかっている。でも、こんなことが起こるなんて……。

「ワークショップも閉館イベントも、吉野さんががんばってくれていたことはよくわかっている。すまない。だが、会社が決めたことだ。明日からは休館。事実上は閉館ということだ」

閉館。そんな……。頭のなかが真っ白になる。

それでいいんだろうか。記念館を大事にしていた薫子さんだって……。

そう訊こうとして、はっとした。藤崎さんだって薫子さんだって辛いに決まっている。わたしなんかよりずっと……。

「わかりました」

声を押し殺した。

藤崎さんも大きくため息をつき、ソファにもたれかかった。

「参ったな、ほんとうに」

「祖母は最後に一度記念館に来たい、と言っていた。でも、伯父《おじ》も父も止めたんだ。高齢者がいま外に出るのは危険だ、と言って」

「そうですよね」

自分の身体のことだけじゃない。感染すれば自分の身体がウイルスを運ぶ器になってしまう。それが感染症の怖いところだ。感染を広げないためには、できるだけ人との接触を減らすこと。ニュースやネットでもそう言われている。

「上野さんも高齢だからね。さっき会社から、ワークショップ中止の連絡をした。残念がっていたけどね。いまは仕方がない、って」

記念館は大事だけれど、身近な人が感染することを考えたら仕方がないことだと思った。

「明日以降、記念館を開けることはもうないだろう。だから、明日からはここの片づけにはいる。運送業者もすぐには手配できないだろうから、ビルの引き渡しは少し先延ばしにしてもらうよう交渉するつもりだが、荷造りは明日からはじめる」

「わかりました」

うなずくしかなかった。

「吉野さんには申し訳ないが、梱包《こんぽう》は僕たちふたりでおこなうことにした。ほかの仕事もストップしてしまっているし、半月あるから、少しずつやれば終わるだろう。ほんとは本社の人間に梱包を手伝ってもらう予定だったが、それもちょっと無理そうだし」

「どうしてですか？」

「本社もいまかなり混乱状態なんだよ。家庭用紙の受注もとんでもないことになっているし……」

「家庭紙……。もしかして、ティッシュペーパーやトイレットペーパーのことですか？」

巷《ちまた》で話題になっている買い占め問題。そういえば、藤崎産業には家庭用紙の部門もあるのだ。まさにティッシュペーパーやトイレットペーパーの流通を担っている。

「二月二十八日、担当が出社して受注管理システムをチェックしたら、めちゃくちゃな状況になっていたみたいで。取引先の在庫がすべてゼロになって、そこからものすごい数の発注が一気に押し寄せてきたそうだ」

　藤崎さんによると、これまでのシステムではその状況を改善することができず、従業員が毎日すべて一件ずつチェックして、手で数値を入力して確定する、という作業が続いているらしい。システム自体を改善したいが、日々の作業に追われてそんなことまではとてもできない。

「そういえば、藤崎産業には医療用品の部署もありましたよね」

医療用不織布。藤崎産業の主力商品のひとつである。もちろんそのなかにはマスクも含まれている。

不織布とはつまり、織っていない布。熱や化学的な作用で繊維を接着したり絡み合わせたりすることによって布状にしたもののことである。紙ではないが、繊維をからめてシート状にするという点で、和紙の製法と似ているとも言える。

昭和中期、日本で不織布の開発がはじまったとき、藤崎産業の子会社が不織布の製造に乗り出した。以来、不織布の販売も藤崎産業の一部門になったのだ、と以前藤崎さんから聞いていた。

「そっちもたいへんなことになってる。家庭用紙は意味のない買い占めが続いて流通がおかしくなっているだけだけど、マスクはほんとに深刻な不足状態だ。ほかの衛生用品もすべておかしくなってる」

知らなかった。藤崎産業の一部に所属しているのに、記念館のことしか考えていなかった。本社がそんなたいへんなことになっていたなんて。

「マスクはもちろん医療施設への配布を優先しなければならないし、政府が新規の業者にマスク製造を呼びかけたりしていて、うちもできるかぎり協力しているんだが……」

家庭用紙とちがって、マスクは必要数自体が増えているのだ。そんなに簡単に製造は追いつかないだろう。

「僕のいとこ、いや、第一営業部の浩介ではなくて、その弟の方なんだけど。まだ話したことなかったよね。幹彦《みきひこ》って言って、医療用不織布の部門に所属してるんだ。今日の会議でも顔を合わせたけど、相当たいへんそうだった」

　そういえば、前に朝子さんからも聞いたことがあった。現社長の雄一《ゆういち》さんのところの長男が浩介さんで第一営業部、その弟さんが医療用品の部門にいる、と。浩介さんと藤崎さんは折り合いが悪いけど、弟さんとはとくに問題がない、という話だった。

「前に、記念館を閉じたあと、僕は第二営業部の所属になる、と話したよね」

　藤崎さんがじっとわたしを見た。

「はい」

　なんだか嫌な予感がした。

「吉野さんもバイトとしてそこに籍を置く、と。だが、当面僕は医療用不織布の部門を兼務することになった」

「えっ」

　兼務……。

　それだけたいへんだということなんだろう。いまの状況を考えたら当然だ。

「状況をきくと、手伝わざるを得ないんだ。この状態がいつまで続くのかわからないけど、しばらくはそちらにかかりっきりになるかもしれない」

　さあっと血の気が引く。

「わかりました。わたしはどうすれば……」

「うん」

藤崎さんは渋い顔でうなずき、いったん目を伏せた。

「まだはっきりしたことは言えない」

そう言って、顔をあげた。

「採用試験はおこなうことになってる。でも、時期はいまのところはっきりしない。四月からのアルバイトがどうなるかも……。在宅でできる仕事は在宅にして、出社する社員の数も減らす、という話も出ていて……」

「わたしも藤崎さんといっしょに医療用不織布の部門のお仕事を手伝うというわけにはいかないのでしょうか」

「それはちょっとむずかしいかな。仕事はおもに伝票処理で、会社のシステムとつながったパソコンでないと操作できない。アルバイトにはまかせられない仕事なんだ」

和紙の仕事……。もうできないんだろうか。

なんで？　なんでいまなんだ、と叫びそうになる。

「この状況が永遠に続くわけじゃない。いつかは収束する。和紙関係の仕事をやめるわけじゃない。ただ、しばらくはワークショップを開くことはできないだろうし、あたらしい展示施設に向けて動くのもむずかしいということだ」

藤崎さんは冷静な声で言った。

しばらくっていつまでなんだろう？　わたし、藤崎産業に入社できるのかな。

不安になって、うつむいた。

「でも、できることがないわけじゃない」

藤崎さんの言葉に、顔をあげた。

「グッズの販売はできるだろう？　サイトを作っておいたおかげでね」

「あ、そうか、通販はできますよね」

少し気持ちがあかるくなって、藤崎さんを見る。

「よかった。吉野さんの目にちょっと輝きが戻った」

藤崎さんはほっとしたように言って、めずらしくにっこり笑った。

「サイトを作っておいてよかったね、ほんとに」

その通りだ。まさかこんなことになるとは思っていなかったが、あのとき決心してサイトを作ってよかった。

「吉野先生の冊子制作も続けよう。道草書房と三日月堂にも連絡した。道草書房は在宅勤務にする方針だけど編集作業は変わりなく続けるし、モルンも店が開けられなくなっても通販は続けるらしい。三日月堂ももともと工房の上に住んでいるから、店の営業は休むけど印刷自体は続けるって」

「ほんとですか？」

「うん。みんな仕事をしなければ立ちゆかなくなるからね。できることを探していくしかない。僕たちもしばらく表立った活動はできないけど、通販でこれまでのグッズを販売したり、次の商品を作ったり、ということはできないわけじゃない、ってこと」

藤崎さんの口調は落ち着いていた。さっきまで大きく波打っていた自分の心が、少しずつしずかになっていくのがわかる。

「とにかく、ここを片づけるのに三月末まではかかるだろう。そのあいだに、吉野さんが記念館関係の仕事を続けられるように、なんとか手を尽くしてみる。給料は下がるかもしれないけど、バイトを続けられるようにするよ」

「ありがとうございます。そうですよね、この状況も意外と早く収束するかもしれませんし」

連休明けくらいにまたもとの状況に戻るかもしれない。そしたら……。

「うーん、それはちょっとむずかしいかもしれないな。いまの世界の状況を見ていると、そんなに簡単にはおさまらない気がする」

「そうなんでしょうか」

「学校もいつ再開できるのかわからないし、来年度は大学もわからないよ。世の中がこれまでとまったくちがう状況になるのはまちがいない。感染症がいつのまにかおさまって、すぐにいつもの暮らしができる。これはそういうものじゃない気がする」

藤崎さんはしずかにそう言った。

「仕方がない。こういう災いはいつだって予告なくやってくるものなんだ。いまのこの状況が現実。逃げることはできない。でも、さっきも言ったけど、永遠に続くわけじゃないんだ。だから、自分にできることをするしかない」

「わかりました」

突然のことで、自分の心がついていっていないのがわかる。でも、だからってうずくまってしまってはいけない。

春がすみなかし通路《かよいじ》なかりせば秋くる雁《がん》は帰らざらまし

岡本さんに聞いた和歌が頭に浮かんだ。

霞《かすみ》が立ちこめて、向こうが見えない。でも、きっと通路はある。

わたしは働く。藤崎さんのもとで、和紙に関する仕事をする。そのためにいまできることをするしかないんだ、と思った。

ワークショップを予約した人に返金の作業をして、墨流しの紙をそのままの状態で送った。そのあとは藤崎さんとふたり、毎日少しずつ収蔵品を梱包《こんぽう》した。紙漉《かみす》きの道具。たくさんの和紙。長いことずっとここにあり、人々に和紙の歴史を伝えてきたものたち。これがすべてどこかにしまわれてしまう。それだけでもさびしいことなのに、そのさびしさをわかちあえる人がいない。

ほんとなら閉館セレモニーをおこなって、みんなで記念館にお別れをするはずだったのに。薫子さん、藤崎さんのお得意さんや、お世話になっている職人さん、文字箱の綿貫さんや小冊子研究会のみんな。たくさんの人から出席の返事をもらっていた。

大学の卒業式も中止になり、森沢先輩や西園先輩、ゼミの先輩たちとも会えないまま、三月の末日を迎えた。

記念館最終日。段ボール箱だけが積みあがった館内で、藤崎さんとふたり、ジュースで乾杯した。心のなかで、これまでありがとう、と唱えて、記念館を出た。

執筆にあたり、料紙作家・中井慎吾さん、ＫＡＭＩＳＭ株式会社の渡部真優子さん、中庄株式会社の刑部渉さんにお話をうかがいました。
深く感謝いたします。

本書は書き下ろしです。

紙《かみ》屋《や》ふじさき記《き》念《ねん》館《かん》

春霞《はるがすみ》の小箱《こばこ》

ほしおさなえ

令和4年 3月25日　初版発行

発行者●青柳昌行

発行●株式会社KADOKAWA
〒102-8177　東京都千代田区富士見2-13-3
電話　0570-002-301（ナビダイヤル）

角川文庫 23107

印刷所●株式会社暁印刷
製本所●本間製本株式会社

表紙画●和田三造

●お問い合わせ
https://www.kadokawa.co.jp/（「お問い合わせ」へお進みください）
※内容によっては、お答えできない場合があります。
※サポートは日本国内のみとさせていただきます。
※Japanese text only

ISBN 978-4-04-111419-3　C0193

角川文庫発刊に際して

角川源義

第二次世界大戦の敗北は、軍事力の敗北であった以上に、私たちの若い文化力の敗退であった。私たちの文化が戦争に対して如何に無力であり、単なるあだ花に過ぎなかったかを、私たちは身を以て体験し痛感した。西洋近代文化の摂取にとって、明治以後八十年の歳月は決して短かすぎたとは言えない。にもかかわらず、近代文化の伝統を確立し、自由な批判と柔軟な良識に富む文化層として自らを形成することに私たちは失敗して来た。そしてこれは、各層への文化の普及滲透を任務とする出版人の責任でもあった。

一九四五年以来、私たちは再び振出しに戻り、第一歩から踏み出すことを余儀なくされた。これは大きな不幸ではあるが、反面、これまでの混沌・未熟・歪曲の中にあった我が国の文化に秩序と確たる基礎を齎らすためには絶好の機会でもある。角川書店は、このような祖国の文化的危機にあたり、微力をも顧みず再建の礎石たるべき抱負と決意とをもって出発したが、ここに創立以来の念願を果すべく角川文庫を発刊する。これまで刊行されたあらゆる全集叢書文庫類の長所と短所とを検討し、古今東西の不朽の典籍を、良心的編集のもとに、廉価に、そして書架にふさわしい美本として、多くのひとびとに提供しようとする。しかし私たちは徒らに百科全書的な知識のジレッタントを作ることを目的とせず、あくまで祖国の文化に秩序と再建への道を示し、この文庫を角川書店の栄ある事業として、今後永久に継続発展せしめ、学芸と教養との殿堂として大成せんことを期したい。多くの読書子の愛情ある忠言と支持とによって、この希望と抱負とを完遂せしめられんことを願う。

一九四九年五月三日